Lorraine Fouchet a perdu s'
Elle est devenue médec'
autres. Elle a travaille
Médecins, avant de se c  'eur de
20 romans, dont *Les Cou* *e à Locma-*
ria. Entre ciel et Lou, paru c. 'emporté le prix
Bretagne/priz Breizh, le prix 'Système U. Elle vit
entre les Yvelines et l'île de Gro

LORRAINE FOUCHET

Tout ce que tu vas vivre

ROMAN

ÉDITIONS HÉLOÏSE D'ORMESSON

© Éditions Héloïse d'Ormesson, 2019.
ISBN : 978-2-253-93424-0 – 1re publication LGF

« J'ai atterri dans la douceur du soir. Punta Arenas ! »
Antoine DE SAINT-EXUPÉRY, *Terre des hommes*

« Nous mourons parce que nous vivons. »
Françoise DOLTO, *Lorsque l'enfant paraît*

« Nous mourons, c'est tout simple,
parce que nous avons vécu. »
Jean D'ORMESSON, *Un hosanna sans fin*

À ma mère, Colette Christian Fouchet,
dont le cœur s'est arrêté le 6 mars 2018,
devant moi, à mon retour du cap Horn,
en faisant «bugger» mon ordinateur.

Au jeune inconnu croisé une nuit
où j'étais médecin de garde au Samu de Paris.
Je tentais de réanimer un homme
terrassé par une crise cardiaque dans les bras
de sa femme. Leur fils adolescent est entré
dans la chambre, il a vu son père, nu,
mort d'aimer. Je n'ai jamais oublié son regard.
Il est le point de départ de cette histoire.

JOUR 1

Dom

J'ai quinze ans et j'habite le quatorzième arrondissement de Paris, normal, je suis breton. Mon nom
de famille c'est Le Goff, chez nous on dit *Ar Gov*. Je
porte un triskell au poignet, attaché par un lien bleu
marine. Dans un mois, aux vacances de Pâques, on
part pour l'île de Groix, berceau de la famille. En
attendant, demain je vais au collège. Il est minuit plein.
Papa croit que je dors, mais je joue à un jeu vidéo.
Avec mon casque sur les oreilles, je progresse au cœur
d'une légende celte en reconstituant des runes. Mon
avatar est super courageux. Il ne tressaille même pas
quand une forme invisible le frôle. Je voudrais être ce
genre d'homme, je le serais peut-être devenu si Claire
n'était pas partie « au bout du bout du monde » il y a
cinq ans. Depuis je grandis à l'envers dans ma tête, un
peu comme ces marathoniens qui courent à reculons,
ou les saumons qui remontent le cours du fleuve.

La chambre de papa est à l'autre bout du couloir,
il ne risque pas de me surprendre. Mon avatar vient

de bondir pour éviter un démon avec des bougies allumées à la place des doigts, il les agite pour troubler le voyageur perdu sur la lande. Et puis brusquement, le jeu disparaît de l'écran. Enfin pas d'un coup carrément : par morceaux, par fenêtres successives, un phénomène impossible, diantrement incroyable. Diantrement, j'ai trouvé ce mot dans un livre. J'aime les mots différents, les gens pas comme les autres, les événements hors norme. Et je déteste perdre, ce qui va arriver si mon jeu plante. Juste au moment où j'atteins le niveau supérieur, non, non, non ! Les personnages perdent leurs pixels, le décor s'efface, mon écran devient tout noir. Je ne peux pas crier, ça réveillerait papa. Je martèle les touches du clavier. Je vérifie que la prise n'est pas débranchée. Qu'est-ce qui s'est passé ?

Je repousse le souvenir de Claire quand elle chantait « Sur l'écran noir de mes nuits blanches moi je me fais du cinéma », je m'interdis de penser à elle, ça fait barrage aux larmes. Je retire mon casque et le laisse autour de mon cou comme un collier. Je passe la main dans mes cheveux emmêlés. Je ferme les yeux, masse mes paupières fatiguées. Soudain je relève la tête. C'est quoi cette cavalcade dans l'escalier de l'immeuble ? Je ne rêve pas, on vient de sonner ? Ce n'est plus dans le jeu, puisque mon ordinateur a buggé. Papa a dû ouvrir, j'entends des gens parler. Qui peut débarquer à minuit ? C'est plus fort que moi, ma première pensée est pour Claire, que je n'appelle plus maman depuis qu'elle nous a plantés là comme deux idiots. Elle est revenue ? Ça y est, enfin ? Elle a fini de soigner les enfants des autres, on va de nouveau être une famille, redevenir légers et heureux ? Je vais arrêter de rêver d'elle pour mieux la chasser de mes pensées au réveil ? Il n'y aura plus ma douleur derrière chaque lever de soleil ?

Je recule ma chaise en oubliant le casque autour de mon cou, la fiche s'arrache en se tordant, je m'en fous, je cours dans le couloir. La porte de l'appartement est grande ouverte sur l'escalier sombre. Les voix viennent de la chambre de papa. Je fonce. Ils sont trois, deux hommes et une femme, tout en blanc, avec les lettres Samu en bleu dans leur dos. Claire n'est pas avec eux. Ils sont penchés sur papa, qui est allongé, nu sur les draps de son lit, devant ces inconnus. Ses yeux sont ouverts mais il ne me voit pas. Sur son torse il a des électrodes reliées à un défibrillateur. Je connais ce matériel, on a eu une formation au collège. Il y en a un au réfectoire et un dans le gymnase. Comme à la télé, j'entends : « Écartez-vous, on le choque. » Les deux hommes lèvent les mains pour montrer qu'ils ne touchent pas le corps. La femme appuie sur un bouton, papa tressaute, la ligne sur l'écran ondule puis redevient plate.

J'ai dû faire un bruit. La femme se retourne et m'aperçoit. Elle fait un signe à l'homme grand et mince aux yeux bleus tout ronds. Il vient vers moi et m'entraîne dans le couloir. Je proteste :

— C'est mon père, je veux rester !

— Tu as quel âge ?

15

— Quinze ans.

Je fais plus vieux à cause de ma taille, j'aurais dû tricher. Le monsieur me sourit. Son nom est écrit sur sa poche : Dr T. Serfaty.

— Je m'appelle Thierry. Vous êtes combien, ici ?

— Juste moi et mon père.

— Seulement vous deux ?

— *Yes my lord.*

C'est sorti tout seul. *Yes my lord*, Louis de Funès le répète dans *Fantômas contre Scotland Yard*. Papa m'a offert l'intégrale de ses films, je connais les répliques par cœur.

Derrière la porte fermée, j'entends : « L'adrénaline est passée, c'est bon ? Allez, on le rechoque ! »

— Tu peux me donner un verre d'eau s'il te plaît ? demande le docteur Thierry.

Impossible de refuser. Il me suit à la cuisine.

— On va attendre ici ensemble pour ne pas les gêner, dit-il.

On s'assoit à la table. Nos couverts sont déjà mis pour le petit déjeuner : le bol avec Panoramix et sa potion magique pour papa, le bol *Enez Groe* – île de Groix en breton – pour moi.

Tout ça ne peut pas être en train d'arriver. Dans une seconde, papa va m'engueuler parce que je ne dors pas, m'obliger à cravacher jusqu'aux vacances, jusqu'au jour magique où on embarquera pour l'île sur le *Breizh Nevez*.

Je prends le casque autour de mon cou, il n'est relié à rien mais je le remets sur mes oreilles pour me couper du monde. On reste là, le docteur Thierry et moi, sans parler. La femme finit par nous rejoindre. D'après sa poche c'est le docteur D. Valbone. Elle est jolie et épuisée, ses cheveux blonds sont collés à son front, elle a de gros cernes sous ses yeux clairs. Papa aime les blondes, il s'est forcément réveillé pour la regarder. Elle me fait signe d'enlever mes écouteurs, j'obéis.

— Où est ta maman ?

Elle a prononcé le mot interdit.

— On n'en sait rien et on n'a pas besoin d'elle, on est très bien tous les deux !

Elle échange un regard avec le docteur Thierry qui secoue la tête. Je précise :

— Ma mère est chirurgien orthopédiste. Elle est partie il y a cinq ans faire de l'humanitaire, elle reviendra quand elle aura fini sa mission. Demandez à mon père ! Vous l'emmenez à l'hôpital ?

Elle se penche vers moi et, d'une voix douce, pulvérise ma vie.

— Je suis désolée. On a fait tout ce qu'on a pu, mais c'était trop tard. On a essayé de le réanimer, son cœur n'est pas reparti. Il était trop malade.

Je ne la crois pas. Elle parle de quelqu'un d'autre.

— Mon père est en pleine forme.

— Il était suivi par un cardiologue, il avait déjà eu des alertes.

— Non, vous vous trompez.

Le docteur Valbone pose ses mains à plat sur la table de la cuisine et dans son geste le bol Panoramix bascule et roule. Je le rattrape et le repose plus loin. Papa la tuera si elle le casse, c'est un cadeau de Claire.

— Tu t'appelles comment ? demande-t-elle.

— Dom.

— Moi aussi je m'appelle Dominique. Ton père se soignait, peut-être qu'il ne voulait pas t'inquiéter. On ne peut plus rien pour lui.

Je n'ai pas le courage de lui dire que mon nom n'est pas Dominique. Ma joie de vivre explose en éclats acérés qui se plantent dans mon cœur. Je rugis :

— Continuez ! Vous perdez du temps ! Il a besoin de vous !

— On s'est battus. C'est fini. Je suis vraiment désolée.

C'est impossible, impensable. Je suis en train de dormir et je fais un cauchemar. Le docteur Dominique plonge ses beaux yeux dans les miens.

— Ton père est mort, Dom.

Je me disloque. Papa est « parti dans le *suet* », comme on dit à Groix, parti dans le sud-est, l'aire de vent mal aimée des marins, là où il y a de la brume. Il a largué les amarres. J'ai quinze ans, Claire s'est défilée, papa vient de déménager là où on va après. Je suis tout seul maintenant.

— Où est la femme qui nous a ouvert ? poursuit-elle.

— Quelle femme ? dis-je. Il n'y a que papa et moi.

— Ton père a fait un arrêt cardiaque, il était avec une femme qui a appelé le Samu. Elle a répondu à l'interphone, elle nous a conduits à sa chambre. Puis elle a disparu.

J'ouvre de grands yeux. Elle a cru que cette femme était ma mère. Et moi je m'imaginais naïvement que papa n'avait que moi dans sa vie !

— Tu ne la connais pas, Dom ?

Je secoue la tête. L'appartement n'est pas si grand, on la cherche, elle s'est volatilisée, évaporée comme dans mon jeu vidéo.

— C'est à cause d'elle que le cœur de mon père s'est arrêté ?

Le docteur Dominique botte en touche.

— Ça aurait pu arriver n'importe quand, en marchant, en dormant, en regardant la télévision.

Il était nu sur son lit avec une inconnue. Ils ne jouaient pas au Monopoly. J'ai eu une copine suédoise en vacances l'été dernier, et une autre dans ma classe à la rentrée mais on a rompu à Noël. On n'est pas allés jusqu'au bout. Je découvre aujourd'hui que l'amour tue et que l'arrêt du cœur de papa a fait bugger mon ordinateur. Parce que c'est précisément ça qui vient de se passer. Il y a cela, cette évidence, claire comme l'eau des fontaines sur le caillou de Groix. Un ordinateur ne s'éteint pas sans raison. On n'est pas dans un film de science-fiction, c'est la réalité. Déjà, il y a dix-huit ans, avant ma naissance, le jour où oncle Yannig, le frère de papa, est mort au large de notre île en sauvant des voileux qui étaient sortis malgré la tempête, la radio s'était allumée toute seule dans la cuisine où tante Tifenn buvait son café. Il existe entre les humains et les objets un lien inexplicable.

— Je dois parler à quelqu'un de ta famille, dit le docteur Dominique.

— On vit tous dans l'immeuble. Oncle Gaston, tante Tifenn, tante Désir et les cousins parfaits, papa et moi.

— Ils sont à quel étage ?

Elle note et me laisse avec le docteur Thierry, alors que le troisième docteur reste avec papa. Je pense à Groix pour ne pas m'écrouler. Quand le roulier, le gros bateau que les anciens appelaient le vapeur et que les touristes appellent le ferry, arrive au port en venant de Lorient, il corne une fois. Quand il repart, il corne trois fois. On l'entend dans toute l'île, il rythme les journées. Papa ne peut pas être parti, je n'ai pas entendu la corne de son bateau.

Oncle Gaston, le chef de famille, le frère aîné de papa, habite deux étages plus haut. Tante Désir est juste en dessous de nous, tante Tifenn au-dessus. Mon grand-père a acheté l'immeuble avec l'argent qu'il a gagné en inventant une pièce d'accastillage pour les bateaux. Il n'était pas riche avant, il a gagné une fortune grâce à ça, et perdu son meilleur ami, ça lui a pourri la vie.

Il y a quinze marches entre chaque palier dans notre immeuble. Quand j'étais petit, mes parents jouaient à un jeu idiot : à chaque anniversaire, ils me tenaient la main, un de chaque côté, et ils me faisaient sauter les marches de mon âge : une pour un an, deux pour deux ans, trois pour trois ans. Pour mes cinq ans, j'ai lâché la main de Claire au moment où papa me donnait de l'élan. Ma tête a cogné le mur, et mes parents se sont disputés parce qu'ils avaient eu peur : « Pourquoi tu ne l'as pas retenu ? » « Il a retiré sa main ! » On n'y a plus jamais joué après. Claire avait aussi appris en médecine à la fac de Rennes qu'un bébé devient propre quand il est capable de monter un escabeau. Elle m'a posé pendant des mois devant l'escabeau bleu de la cuisine, c'était devenu mon doudou, je n'avais pas un nounours ou un lapinou, j'avais un escabeau qu'on emportait dans ma chambre pour que je m'endorme. Quand Claire est partie, j'avais dix ans, j'ai arrêté de l'appeler maman pour la punir, j'ai demandé à papa de descendre mon escabeau-doudou à la cave. Et je suis resté coincé pour toujours sur la dixième marche.

Avant, je disais « je » en parlant de moi. Ensuite, quand Claire nous a plantés, j'ai dit « on » pour papa et moi, ça comblait le vide laissé par son absence. Maintenant, je vais être obligé de redevenir « je ». Cette nuit, j'ai perdu la seconde main qui me retenait. L'escalier est devenu un précipice.

L'amoureuse

Mon homme est mort. Tu es mort. Je t'ai vu de mes yeux traverser le miroir. Comment est-ce possible ?

On était là, dans les bras l'un de l'autre, flottant dans ce *no man's land* entre sommeil et éveil. On venait de planer, on avait tutoyé les étoiles. Je t'observais, ton visage, tes traits si familiers. Soudain tu as cessé de respirer. Sans émettre aucun son. Tu n'as pas tressailli, tu es parti sans te raccrocher à la vie. Ça a eu l'air si facile, si paisible, tu es le défunt le plus cool et le plus tranquille de la planète. Je t'ai secoué, je t'ai giflé, j'ai martelé ta poitrine, appuyé en rythme sur ton torse pour faire repartir ton cœur, ça n'a servi à rien. Tu n'étais plus là. Alors j'ai appelé le 15, j'ai supplié le médecin du Samu. Il a déclenché une équipe, c'est le mot qu'il a employé. Comme s'il avait fait jouer la clenche d'une porte donnant sur ailleurs.

Je me suis allongée à côté de toi, j'ai posé mes mains sur tes joues encore chaudes, j'avais une absurde envie du champagne frais dont j'apercevais le goulot givré dépassant du seau rempli de glaçons. J'ai attendu mille ans, le temps de devenir vieille et chenue, le temps que ta barbe pousse et te transforme en homme de Cro-Magnon. En réalité les sirènes ont retenti cinq minutes plus tard. Le Samu est basé à l'hôpital Necker, deux rues plus loin. Pendant qu'ils montaient, j'ai sorti les électrocardiogrammes du tiroir où tu les cachais pour que ton fils ne tombe pas dessus. Je me suis rhabillée à la hâte, je leur ai ouvert la porte.

À aucun moment je n'ai pensé à l'enfant. J'aurais été une mauvaise mère. Je n'ai songé qu'à toi et à moi. Je t'ai vu quitter la rive pour t'embarquer sur la *bag noz*, la barque de nuit, celle dont l'homme de barre est le dernier noyé de l'année, celle dans laquelle l'Ankou, le serviteur de la mort en Bretagne, navigue avec les âmes des trépassés. À aucun moment, je le répète, je n'ai pensé à l'enfant. Ensuite, il a pris toute la place, c'était mon héritage.

J'ai tout de suite compris que les médecins ne te ramèneraient pas. Tu aurais aimé le regard clair de la jolie blonde du Samu. Je lui ai abandonné cette coquille vide, ton corps inerte, et je suis partie avant que l'enfant se réveille. J'habite dans le même immeuble, ça facilitait les choses. Il ne doit pas savoir, pour nous. Ta famille ne doit pas savoir. Nous leur cachons notre amour depuis deux ans.

Dom

Mon oncle et mes tantes arrivent, en pyjamas et robes de chambre, décoiffés, atterrés, éberlués. L'équipe du Samu repart sans papa. Oncle Gaston distribue ses ordres. Tante Tifenn est hébétée. Tante Désir prie, mes cousins parfaits dorment à l'étage au-dessous, ils ne m'aiment pas et je le leur rends bien. Le jour où ils m'ont balancé : « Ta mère en a eu marre de ton père et de toi, elle est allée voir si c'était mieux ailleurs, vous pouvez toujours l'attendre, elle ne reviendra jamais, c'est maman qui l'a dit », j'ai pété un câble et flanqué mon poing droit dans le nez de l'aîné et mon poing gauche dans l'œil du plus petit. Ils sont partis pleurnicher dans les jupes de leur mère qui a dit que les chiens ne font pas des chats.

Je me réfugie dans ma chambre. Je remets le casque sur mes oreilles et je monte la musique à fond. Oncle Gaston me rejoint, je refuse de lui parler. Tante Désir me retire mes écouteurs de force et me demande où est rangé le livret de famille dont on aura besoin pour le transport en chambre funéraire. Je hurle, elle repart. Tante Tifenn m'apporte un verre de lait et des biscuits, je lui dis où sont rangés les papiers importants. Je suis impardonnable de ne pas avoir vu que papa était malade. Enfin ce n'est pas seulement ma faute. C'est la femme qui était avec lui qui l'a tué !

Je quitte ma chambre sur la pointe des pieds et j'entrouvre la porte du salon. Mon oncle et mes tantes ne savent pas que je les écoute.

— S'envoyer en l'air dans l'appartement où son fils dort, quel scandale !

La voix de tante Désir.

— Il faut bien que le corps exulte, révise ton Brel, ma vieille !

Celle d'oncle Gaston.

— La vie privée d'Yrieix ne nous regarde pas.

Là c'est tante Tifenn.

— Vous saviez qu'il avait quelqu'un ?

Papa avait l'habitude de traiter tante Désir de fouille-merde.

Moi je ne le savais pas. Peut-être qu'il venait de la rencontrer, qu'il allait me la présenter au petit déjeuner ? On aurait sorti un troisième bol pour elle. Pas celui de Claire, pas son bol du mariage de William et Kate, on l'a laissé dans l'armoire, elle le retrouvera en rentrant. Après son départ, j'ai regardé le mariage d'Harry et Meghan sur le grand écran d'oncle Gaston, avec papa et tante Tifenn, en mangeant des scones avec de la crème et de la marmelade d'oranges. J'espérais qu'au bout du bout du monde, Claire le regardait aussi en pensant à nous.

La femme qui exultait avec papa s'est enfuie au milieu de la nuit. Pourquoi ? Elle est mariée et son mari est en voyage d'affaires ? Papa l'a forcément prévenue que Claire allait revenir. Le docteur Thierry m'a décrit « une femme blonde en jean et tee-shirt ». Exactement comme le docteur Valbone, tante Désir, tante Tifenn, ma prof de maths, ma prof de gym, la libraire d'à côté, la maman de Mathilde ma meilleure amie à Groix, le docteur Clapot ma pédiatre, Kerstin notre concierge allemande, Noalig la Bretonne qui habite le dernier étage. Alors c'est qui, cette blonde ? Amoureuse ou tueuse ?

— Qu'est-ce qu'on va faire du gosse ?

C'est à nouveau tante Désir.

— On va l'aimer encore plus fort, répond tante Tifenn.

— Il n'a plus personne, dit Désir.

— Il nous a nous ! proteste oncle Gaston.

— Tu es un célibataire endurci, tu ne sais même pas faire cuire un œuf ! rétorque Désir. Tifenn, courageuse veuve du héros de la mer, tu vis dans le souvenir de Yannig. Et moi j'ai bien assez à faire avec mes fils et le pauvre Georges.

Le mari de tante Désir est complètement transparent. Il n'est pas pauvre, même si on met toujours cet adjectif avant son prénom. Son père, qui est aussi son employeur, possède un palace près des Champs-

Élysées. Tante Désir se vante d'être la seule de la famille à avoir fait un beau mariage. Gaston a toujours été seul. Yannig, qui avait dix mois de plus que papa, a épousé Tifenn dont les parents sont instituteurs dans les Côtes-d'Armor. Papa a épousé Claire qui a grandi dans un bar-tabac du Finistère-Sud. Désir, la petite dernière, a gagné le jackpot. Le pauvre Georges est fils unique, alors un jour, l'hôtel de luxe sera à lui, donc à eux, donc à elle.

— On va se partager Domnin cet été, trois semaines chacun, et on l'enverra en pension à la rentrée, décrète Désir.

Merci, ma tante.

— Yrieix n'aurait certainement pas voulu ça pour son fils ! proteste Tifenn.

— Il a tout prévu, intervient Gaston. Ses problèmes cardiaques ont commencé l'an dernier. Il a nommé un tuteur par anticipation, et il a déposé un testament chez le notaire de la rue d'à côté.

Donc, le docteur Dominique avait raison, papa était malade. Je vais être refilé à un étranger qui va décider de ma vie ? Mon cœur bat si fort qu'il traverse mon corps et fait trembler le plancher.

— Le problème est réglé, dit Désir. Yrieix a eu une fière idée, c'était peut-être un bon père, finalement.

— Un excellent père, rétorque Gaston. C'est moi le tuteur de Dom. Je ne sais pas faire cuire un œuf mais je l'emmènerai en face au bistrot de Gwenou. Il ne changera pas d'école, il gardera ses repères et ses copains.

— On reste en famille, conclut Désir. Puisqu'il va monter habiter chez toi, tu me loueras l'appartement d'Yrieix, à un prix d'ami évidemment. Ça me permettra de percer le plancher pour en faire un duplex.

La mort de papa tombe bien pour sa sœur.

— Tu m'étonneras toujours, soupire Gaston. Il y a plus urgent. Il faut prévenir la famille et les amis, organiser les funérailles. Et entourer Dom.

— Claire va peut-être réapparaître ? s'inquiète Désir. J'espère qu'elle ne compte pas revenir s'installer ici ! Qui va à la chasse perd sa place…

— Tu es désespérante, dit Tifenn.

Je retourne dans ma chambre sans faire craquer les lattes du parquet. Je m'allonge sur mon lit et m'endors d'un coup, comme un robot qu'on débranche.

JOUR 2

Dom

Mon oncle et mes tantes me réveillent pour le petit déjeuner. Le bol de papa n'est plus sur la table.

— Nous devons choisir les pompes funèbres qui vont emporter ton père, annonce Désir.

Elle adore me corriger quand je parle. Pour une fois que c'est elle qui se trompe, je ne la loupe pas.

— Tu veux dire, l'emmener.

— Non, dit ma tante.

Son frère, mort, est devenu un objet.

— Tu vas aller au collège ce matin, poursuit-elle. Je préviendrai ton directeur.

— Pas question !

— On ne te demande pas ton avis. N'est-ce pas, Gaston ?

— Si, on le lui demande. Qu'est-ce que tu crois ? Ce n'est pas un jour comme les autres. On ne perd son père qu'une fois dans sa vie ! Tu as oublié ? Tu étais la plus jeune, tout le monde te trouvait courageuse. La réalité est que tu t'en fichais bien. Tu n'aimes que toi, les autres n'existent pas. Tu n'as pas de cœur, Dieu a

31

fait une erreur quand il a distribué les organes, il t'a donné deux foies à la place, c'est sûrement pour ça que tu digères si mal.

Mes céréales s'agglutinent dans mon bol, je ne peux rien avaler.

— Tu veux nous accompagner, Dom ? propose tante Tifenn.

J'acquiesce. Pas question d'abandonner papa aux griffes de sa sœur.

Chaque matin sur le chemin du collège, je passe devant deux établissements de pompes funèbres sans imaginer qu'un jour je devrai m'y arrêter. Nous voilà pourtant plantés sur le trottoir.

Tante Désir s'avance vers la première vitrine. Une dame au long nez nous repère, jaillit du magasin, son visage se fend d'un faux sourire. Je m'approche de la seconde. Un monsieur en costume noir, cigarette aux lèvres et grosses bagues aux doigts, fume. Il louche, il a un air gentil.

— Fumer tue, dis-je. Mon père avait arrêté mais il est mort.

Il ne fait pas semblant d'être triste. Le sourire artificiel de la dame d'à côté fond comme du beurre salé au soleil de Bretagne. Nous suivons tous le monsieur dans son bureau. Il ouvre un classeur, demande le nom de papa, l'inscrit avec respect.

— Les morts sont des gens comme les autres, vous savez ? J'ai toujours voulu faire ce métier.

Il inspire confiance. Comment s'appelle celui qui

travaille aux pompes funèbres ? Un pompeux ? Les pompes, ce sont des chaussures. Je jette un coup d'œil sous la table. Le pompeux de papa est un rocker : il porte des santiags en croco pointues comme Johnny Hallyday. Il détaille les prestations : la toilette de papa – qui n'était pas sale, il prenait une douche tous les matins – et les insertions dans les journaux. Pour le cercueil, ce sera « chêne massif, finition vernis satiné avec ombrages deux tons, côtés moulurés et galbés, couvercle plat triple hauteur ». Le modèle s'appelle *Tuileries*, le nom du jardin près de la Comédie-Française où papa m'a emmené un jour voir une pièce de Molière. Dans les albums de *Lucky Luke*, le pompeux mesure les gens vivants avec son mètre pour prévoir leur cercueil à l'avance. Papa récitait par cœur cette petite annonce de *La Gazette de Nugget Gulch* : « Luke Mallow ne quittait jamais ses bottes, il est mort droit dedans, la personne qui les lui a dérobées par mégarde lors de la veillée funèbre est priée de les lui rapporter pour l'inhumation. » Tout est organisé, programmé. Dans quatre jours, je n'irai pas au collège, à cause de l'enterrement. Il paraît que papa a précisé à Gaston qu'il voulait une messe avec tout le monde puis une crémation avec personne : ni famille ni amis pour le barbecue. Ensuite on jettera ses cendres dans l'océan. Je ne pleure même pas, je suis sidéré.

On ne rentre pas à la maison directement. Oncle Gaston veut que je l'accompagne à la librairie. Il y discute avec la libraire pendant que je regarde des BD. Est-ce que c'est elle la blonde mystère ? Je ne sais pas ce que je fais là, Gaston n'a visiblement pas besoin de moi, pourquoi il a insisté pour que je vienne ? Je comprends en arrivant devant notre immeuble. Le pompeux à santiags est en train de monter dans une longue voiture noire dont les portes se referment comme celles du *Pénitencier* de Johnny. Les morts sont des gens comme les autres, mais ils roulent dans des voitures spéciales.

Notre amie Kerstin, la gardienne de l'immeuble, est sur le trottoir. Elle a l'air bouleversée. Elle est souvent venue dîner à la maison. Sa famille vit en Allemagne. Elle est à Paris pour ses études d'infirmière. Désir, qui est plus vieille et moins jolie, la regarde de haut. Le pauvre Georges la regarde avec plaisir. C'est Kerstin qui a tué papa ?

Je monte vite l'escalier et je me précipite dans la chambre de mon père. Les draps ont été enlevés, deux coupes de champagne traînent sur la cheminée, près d'un fil de fer entortillé. C'est un petit cheval, avec des ailes et une queue dorées, fabriqué avec le fil qui maintenait le bouchon et le papier qui entourait le goulot de la bouteille. Est-ce que c'est la femme blonde qui l'a fabriqué ? J'ai envie de l'écraser, ce beau cheval fragile. Je me verse une coupe, le champagne est chaud, il n'a plus de bulles. Je m'étrangle, le liquide coule sur mon menton. Claire disait que si on boit dans le verre de quelqu'un, on devine ses pensées. Soudain, la porte s'ouvre sur mon oncle et mes tantes.

— Qu'est-ce que tu fais, petit malheureux ? Tu te saoules ? À quinze ans ? crie Désir.

— Le champagne se boit frais, dit Gaston en m'ôtant la bouteille des mains.

— Il y a d'autres moyens de s'enivrer, ajoute Tifenn. Moi c'est la musique qui m'a aidée après la disparition de Yannig.

Sa phrase m'anéantit. Jusque-là, j'avançais dans un jeu vidéo, je survivais aux épreuves, papa pouvait encore jaillir du corbillard. Mais la disparition de Yannig rend impossible le retour d'Yrieix.

Je fourre le petit cheval ailé dans ma poche. J'ai cru que c'était un Pégase, en fait c'est un *Sombral* comme dans *Harry Potter*, un cheval-dragon avec des ailes noires, on ne l'aperçoit que si on a vu quelqu'un mourir. Je n'ai pas vu papa mourir mais je l'ai senti à travers mon ordinateur.

La nuit que je viens de vivre est *glaz*. Papa a dit ça quand Claire est partie. C'est un mot breton, sans équivalent français, qui décrit la couleur de l'océan, entre le bleu et le vert, la couleur de ses yeux à elle. Il exprimait comme ça la douleur d'être loin de son île et de la femme qu'il aimait. J'ai le *glaz*. Les couleurs vives sont mortes avec papa. Il ne reste plus que les froides, les sombres, les déchirantes, les couleurs noyées.

JOUR 5

L'amoureuse

Aujourd'hui, on t'enterre. C'est une mauvaise blague, un cauchemar. J'arrive devant l'église très tôt, il y a déjà des couronnes et des gerbes de fleurs. Ta famille ne sera pas là avant une bonne demi-heure. Il fait frais à l'intérieur, tu ne peux pas me prêter ta veste. Tu attends dans la chapelle de gauche. Tu es en avance, pour une fois. Ce sera notre dernier rendez-vous en tête à tête. Ensuite, je serai seule.

Ton cercueil est discret, bois élégant, poignées dorées. Je le caresse du bout des doigts comme je caressais ton corps. La dernière nuit, je t'ai rejoint tard, pour être certaine que l'enfant soit déjà endormi. Je suis arrivée avec une bouteille de Mercier blanc de noirs, le champagne de notre toute première nuit. Tu as mis une musique de Dan Ar Braz, *Douar Nevez*, qui parle du cheval noir des légendes bretonnes. Mes doigts ont détortillé puis dompté le fil d'acier galvanisé du muselet, je t'ai fabriqué un petit cheval ailé. Nous avons bu du champagne, nous nous sommes enlacés, nous avons chevauché les vagues, tremblant de désir et riant de bonheur. Jusqu'à ce que le coursier noir t'emporte là où je ne peux plus te suivre.

Hier soir, je n'ai pas réussi à dormir. J'ai débouché une bouteille de *Sekt*, ce mousseux allemand qui ressemble au *prosecco* italien, pour récupérer le fil du muselet. J'ai bu deux verres puis j'ai laissé mes mains agir. Un petit personnage mythique est né. J'ai utilisé le papier du goulot pour lui ajouter des cheveux d'or, une écharpe qui vole, une étoile et une rose. Je l'ai planté sur le bouchon. Il est dans ma poche. Je le glisserai au milieu de tes fleurs tout à l'heure, tu étais mon prince.

Ton cercueil est fermé, boulonné, riveté, je n'ai voulu aller ni à ta mise en bière ni à ta levée de corps, je veux garder de toi un souvenir vivant, sans maquillage. J'ai du mal à prier, tu m'as été arraché et tu ne verras pas grandir Dom, le fils de Claire qu'enfin tu n'attendais plus. Yrieix, je te jure sur ce que j'ai de plus cher que je prendrai soin de ton fils, dans l'ombre. Il deviendra un adulte fort, indépendant et vibrant. Il ne sera pas écrasé de peine, il volera de ses propres ailes. Je te promets que Dom Ar Gov sera libre et heureux.

Je dois avoir l'air maligne devant ton cercueil muet et sourd. Je regarde ma montre. Le temps presse. Des pas s'approchent. Un prêtre pas tout jeune vient par la travée centrale, me regarde du coin de l'œil, disparaît dans la sacristie. Il ne nous dérange pas. Restons encore un peu ensemble. Je ne trouve pas les mots justes et parfaits pour m'adresser à toi, alors j'emprunte ceux des chansons. *Sag warum*, un vieil air des années 1960, tourne en boucle dans mon cerveau. *Warum*, pourquoi toi ?

L'organiste au balcon plaque quelques accords. La chorale se chauffe la voix en chantant le début de la *Sunrise Mass* d'Ola Gjeilo, le jeune compositeur norvégien que tu avais découvert lors d'un concert de l'association Musique à Groix à l'église du bourg. On va nous séparer. Je cherche un adieu original, je ne veux pas te quitter sur des mots d'une banalité à sangloter. Serge Reggiani me sauve : « C'est, autant qu'il me souvienne, la première peine que tu me fais, j'aimerais tant que tu reviennes, pour me faire la deuxième. » Le prêtre, qui a revêtu sa chasuble, revient vers moi, les sourcils en accent circonflexe.

— Je prie pour monsieur Le Goff, dis-je. Je me suis trompée d'heure, je suis en avance.

— Vous vous êtes aussi trompée de personne, mais Dieu nous répond où que nous soyons, dit-il d'une voix flûtée qui détonne avec son gabarit massif.

— Comment ça ?

Il désigne le cercueil que je viens de caresser.

— C'est Mme Yvette Meunier, une centenaire, ses obsèques ont lieu après celles de M. Le Goff.

— Quoi ?

Je recule, horrifiée. Je viens de parler d'amour à une vieille dame inconnue. Mes larmes jaillissent, mon rire grelotte. Où que tu sois, tu dois être mort de rire. J'aurais dû me douter que tu ne pouvais pas être en avance. Le Petit Prince en fil d'acier galvanisé danse de joie au fond de ma poche. Je pense au champagne glacé et à nos baisers chauds dans ta chambre. Il y a du brouhaha dehors. Dom entre le premier dans l'église, je l'aperçois, auréolé de soleil, la tête basse, dans un angoissant costume noir. J'ai promis à Yvette Meunier de m'occuper de lui. Je pose à nouveau les doigts sur son cercueil, avec le respect dû à l'âge : «Meunier, tu dors ?» Puis je sors de l'église par une porte latérale et je fais le tour pour arriver là où ta famille et tes amis croassent, corbeaux endimanchés de noir. Ton fils, les épaules courbées, est aussi absent que le jeune Harry le jour des funérailles de Lady Di. En costume, il devient quelqu'un d'autre, et je le trouve très beau.

Dom

J'ai accepté d'enfiler ce costume ridicule qui est à l'aîné de mes cousins parfaits, mais j'ai insisté pour garder mes baskets blanches. Le prêtre me salue par mon prénom officiel, personne ne m'appelle comme ça, même pas mes profs. Sauf la sœur de papa parce qu'elle sait que je ne supporte pas.

Je serre les poings pour m'empêcher de penser à Claire. Le grand-père qui l'a élevée s'appelait Jean-Domnin. Papa m'a répété mille fois que je ne suis pas responsable de son absence. Elle est partie en lui laissant ma garde exclusive. Des copains de ma classe vivent en garde alternée, j'ai eu mon père pour moi tout seul. Lui aussi avait un prénom rare. Maman s'appelle Claire, c'est plus simple. Elle nous a simplement abandonnés. Elle a coupé les ponts au bistouri, nous a zappés de sa vie, elle a préféré opérer au loin plutôt que nous aimer en France. Papa n'ouvrait pas les corps des patients, il m'ouvrait les bras et c'était bon quand j'en avais gros sur la patate.

Claire devrait être à côté de moi ce matin, au premier rang de l'église. Je lui en veux à mort, je n'en veux pas au mort. À sa place, il y a oncle Gaston, tante Désir et tante Tifenn. Mes cousins parfaits ricanent derrière avec le pauvre Georges. Ma meilleure amie Mathilde a fait le voyage depuis l'île avec sa mère, elles se sont discrètement assises au troisième rang. Je les repère, je fais signe à Mathilde d'avancer, elle se glisse entre moi et Désir qui n'apprécie pas mais n'ose pas me contrarier aujourd'hui. Mon amie regarde le livret de messe avec la photo de papa sur le port de Groix. Il sourit, emmitouflé dans son caban, il sort du café rose que tenait leur amie Soaz, il est au juste endroit de sa vie.

Vers le fond de l'église, j'aperçois le docteur Clapot. Elle n'est pas en noir comme les autres, elle a une veste orange et bleu. Elle m'a aidé après le départ de Claire quand je n'arrivais plus à respirer le soir. Le docteur Clapot, généraliste et hypnothérapeuthe, m'a dit d'imaginer un endroit où je me sentirais protégé. Je n'ai pas réfléchi, j'ai pris le bateau direct pour Groix. Je me suis retrouvé au bord de l'eau, sur la plage de la baie des Curés, avec Mathilde et Cacao, le chien qui nous y rejoint quand on arrive, puis disparaît quand on s'en va. Maintenant, les jours lourds, si je suffoque, je me réfugie là-bas en pensée.

J'aperçois aussi Kerstin, qui sèche son école d'infirmières pour être là. Claire ne l'a pas connue, elle est arrivée après son départ. Depuis que Kerstin a remplacé notre ancienne concierge, elle est devenue le skipper de l'immeuble. Noalig, la locataire du dernier étage qui vient de divorcer, est assise à côté d'elle, en larmes, laide pour la première fois de sa vie avec son nez rouge et ses yeux gonflés. Elle fait partie du Bagad Pariz, Ti Ar Vretoned, où elle joue de la musique celtique à la bombarde.

L'orgue me liquéfie. Tout le monde se lève sur un signal du pompeux. Des hommes en noir entrent dans l'église en portant papa. Je me concentre sur les flammes des cierges, j'utilise la technique d'auto-hypnose que m'a apprise le docteur Clapot et je m'échappe. Les goélands piaillent, le sable roule sous mes orteils. Cacao déboule en jappant de joie. Un minuscule crabe court sur le rocher couvert d'algues. Mathilde est assise près d'un panier recouvert d'un torchon pour protéger le meilleur dessert de la galaxie, le *magical cake* de Martine, une amie d'enfance de papa. Une vague plus forte que les autres m'éclabousse, je recule en heurtant le banc de l'église qui proteste. Tante Désir me donne un coup de coude dans les côtes et désigne le pupitre à gauche de l'autel.

— Les intentions ! C'est à toi, vas-y !

J'ai accepté – on ne m'a pas vraiment demandé mon avis – de lire la première intention de la prière universelle. Je quitte mon banc en écrasant exprès les pieds de ma tante, je longe le Tuileries en chêne massif. Tante Désir désirait que j'aille à la fermeture du cercueil ce matin, sous prétexte que ça facilite le travail de deuil. Tante Tifenn, qui m'y conduisait, s'est arrêtée dans un café, on a bu deux chocolats chauds parce que le chagrin ça creuse et que le chocolat ça colmate. Du coup on est arrivés trop tard. Ensuite tante Désir m'a obligé à monter dans sa voiture pour être certaine que je serai à l'heure à l'église.

Je me tiens debout derrière le pupitre, face au public. L'église est pleine, chaque blonde peut être la femme qui a vu papa mourir. Est-ce qu'elle ressemble à Claire ? Il y a une grande mince, dans la travée de droite, son chignon se casse la figure et son mascara coule. Une blonde aux cheveux coupés court avec une écharpe rouge. Une autre aux lunettes vertes. Est-ce l'une d'elles qui a appelé le Samu ?

Je n'ai qu'une ligne à lire, elle est imprimée sur la feuille devant moi : « Seigneur, nous te prions pour que la vie d'Yrieix trouve en toi son accomplissement et que son âme trouve la paix de ton amour. » Rien ne sort. Ma bouche est cousue. J'essaie de repérer Claire dans la foule, elle est sûrement revenue pour nous. Elle a dû changer en cinq ans, mais je reconnaîtrai les paillettes dorées de ses yeux qui se plissent au-dessus du masque quand elle opère. Elle m'avait emmené une fois au bloc, présenté son équipe et montré ses chapeaux de bloc décorés de personnages de dessins animés. Elle m'avait raconté les enfants qu'elle rafistolait, jambes inertes de naissance, écrasées dans un accident, mutilées par une grenade dans un pays en guerre. Un jour, alors que je courais, elle a dit : « Dieu existe forcément, pour avoir créé cette merveille, un petit garçon qui galope et qui danse de joie ! Pourquoi certains n'ont-ils pas cette chance ? » Je ne comprenais pas, alors je cavalais encore plus vite pour lui faire plaisir. C'est ma faute si elle est partie, j'étais trop solide. Si je m'étais cassé la jambe, j'aurais été plus intéressant pour elle. Quand elle rassurait ses patients, elle écoutait d'abord le cœur des nounours avec son stéthoscope, ensuite elle le prêtait aux enfants pour qu'ils entendent le cœur de leur mère. J'ai écouté le cœur de Claire, un jour. J'aurais mieux fait de surveiller celui de papa. Je supplie Claire d'entrer par la grande porte. J'y crois à fond, elle ne peut pas ne pas venir. Son taxi a été bloqué dans les encombrements, elle va en descendre, courir en se tordant les chevilles sur les talons hauts qu'elle a mis pour faire plaisir à papa. Elle va entrer, tout le monde se retournera, elle aura son sourire merveilleux et contagieux, je ne serai plus seul.

Personne n'entre. Alors Mathilde fait un truc incroyable. Elle repasse devant tante Désir, sans lui écraser les pieds, et elle vient à côté de moi, derrière le pupitre, face aux gens. À nous deux, on est magnifiques et forts. Mes lèvres se libèrent : « Seigneur, nous te prions… » Je croise le regard du docteur Clapot, je fixe Kerstin, oncle Gaston, tante Tifenn, Noalig, Gwenou du bistrot. Je froisse la feuille, les mots imprimés s'écrasent les uns sur les autres, les miens explosent à la place : « Seigneur, nous te prions pour que Claire revienne du bout du bout du monde, et pour que l'âme de papa navigue vers l'île de Groix. » Les yeux de tante Désir sont des torpilles. Papa sera plus heureux sur son caillou qu'au paradis. Mathilde hoche la tête. Nous retournons nous asseoir. Tante Désir me succède au pupitre avec son insupportable voix de Minnie. Les cousins parfaits bafouillent en pouffant. Tifenn lit si bas que personne ne comprend. Gaston parle fort et clair.

— Nous ne sommes pas là pour un en-terrement, mais pour un en-cielement, dit le prêtre.

Je regarde la montre à mon poignet, c'est celle de papa, je l'ai prise sur sa table de nuit ce matin. Il avait rencontré Claire à l'école de voile Jeunesse et Marine de Port-Lay. Sa montre indique les horaires de marée. Pendant que je suis assis sur les bancs de l'église en costume noir, c'est marée haute à Groix. Je me réfugie dans la baie des Curés. Puis mon regard tombe sur le cercueil et la plage disparaît, comme mon jeu vidéo s'est effacé de l'écran à la seconde où le cœur d'Yrieix Ar Gov s'est arrêté.

L'amoureuse

Ton fils était paralysé. Mon cœur chavirait pour lui, planté là, muet, avec ses grands yeux et ses grands pieds. Des ondes de stupeur et d'émotion ont parcouru l'assistance, quand il a pris la parole. Ce qu'il a dit avait du panache, il tient de toi, lui aussi sera intense et lumineux. J'ai tout de suite remarqué sa montre, c'est moi qui te l'ai offerte pour notre premier anniversaire. Coincé et encalminé dans le gris Paris, tu aimais connaître le flux et le reflux sur ton île, imaginer l'estran, la laisse de mer, le bois flotté et les vagues. Ta sœur Désir craint que ta femme rapplique à la dernière minute, ça ne risque pas mais elle l'ignore. Je ne suis pas jalouse, je n'ai plus d'énergie à gaspiller en sentiments toxiques. Depuis ta mort, je m'efforce de mettre un pied devant l'autre, de me nourrir pour ne pas m'effondrer, de limiter les cafés et les verres de vin. Et de protéger Dom puisque j'ai fait cette fichue promesse à Yvette Meunier-tu-dors.

Le chant choral qui monte vers les arceaux de l'église me fracture. Serais-tu encore vivant si nous n'avions pas fait l'amour ? On devrait être en train de boire un bon pommard avec du saucisson au lieu de frissonner dans cette église. On va tous y passer. On valse tous sur le pont du *Titanic* au son de l'orchestre qui sera forcément englouti avec nous, mais tant que les violons « violonnent » on a le choix de la danse et des chansons. La semaine dernière, tu m'as offert une clef USB avec une playlist de « musiques indispensables à écouter avant de mourir ». Un pressentiment ? Que sera ma vie désormais ? Que deviendra Dom sans son père ? Vivre notre amour caché ne me gênait pas. Être ta veuve anonyme me fracasse.

Dom

Après la cérémonie, on se retrouve tous chez Gwenou. Il y a de la bière, du cidre, du whisky breton, pas celui des touristes. Les galettes dansent sur les assiettes. Les émotions ça creuse. Kerstin, Noalig et tante Tifenn aident tellement il y a de monde. Désir fait semblant de ne rien remarquer, elle préfère se faire servir plutôt que de mettre la main à la pâte à crêpes. Papa était directeur artistique chez un grand éditeur de bandes dessinées. Oncle Gaston remercie tous ceux qui se sont déplacés, famille, amis, auteurs, collègues, Groisillons et Bretons de la grande terre. L'amitié était sacrée pour lui, il pouvait rester des heures au téléphone si ses copains allaient mal ou sauter dans le train pour aller les réconforter. Le sept de chaque mois, sa bande d'amis se réunissait chez Frédérique au Stang près de Locmaria. Chacun apportait à manger et à boire, ils mettaient tout en commun, la soirée commençait tôt et se terminait tard. Quand Claire est partie, papa a continué à y aller seul, mais il rentrait plus tôt. Peut-être qu'il espérait la retrouver à la maison.

Jean-Philippe, la voix d'or de la bande du 7 entonne : « Nous étions trois marins de Groix, ah aah aah / Embarqués sur le *Saint-François*, ah aah aah / Il vente, il vente, c'est l'appel de la mer qui nous tourmente… »

Le reste du groupe l'accompagne sur les couplets suivants. Je voudrais chanter avec eux mais je n'y arrive pas, ma voix se casse. Mes cousins parfaits se goinfrent près du buffet.

— C'est chouette de louper l'école, postillonne l'aîné en enfournant sa cinquième galette dans une bouche grande comme un lavoir breton.

— C'est super, dit le petit.

— Le respect ne vous étouffe pas, intervient Mathilde, choquée.

— Vous pouvez peut-être en laisser pour les autres ? je demande.

Mon stupide cousin est vexé. Il réplique :

— Inutile d'en garder pour ta mère, elle a trouvé mieux ailleurs et elle ne reviendra jamais. Maman dit que c'est pour ça que ton père se tapait des blondes ramassées dans la rue.

Je brûle de lui faire ravaler ses mensonges. J'entraîne Mathilde de l'autre côté du bar de Gwenou. Le *kari Gosse* est un mélange d'épices qui accompagne les fruits de mer, il a été inventé par un pharmacien de Lorient au XIXe siècle. Je décapsule deux canettes de Breizh Cola et je verse discrètement dans chacune assez de *kari Gosse* pour réveiller un mort. On repasse de l'autre côté du comptoir, nos canettes à la main.

— On a eu du bol, c'étaient les dernières, dis-je assez distinctement.

— Viens, je veux te montrer un truc dehors, prétend Mathilde.

On pose les canettes sur le bar et on sort. Les deux parfaits, assoiffés après s'être gavés de crêpes, les saisissent et en boivent une bonne rasade. Ils s'étranglent, deviennent couleur langouste, recrachent tout par terre. Tante Désir se précipite, inquiète.

— Qu'est-ce qui vous arrive, mes amours ?

Ils désignent les canettes en toussant. Désir fronce les sourcils. Tante Tifenn s'avance, en attrape une, fait semblant d'en boire une gorgée, la repose, stoïque et la bouche en feu.

— C'est délicieux. Tes fils ne sont pas habitués aux produits bretons, ils ne savent pas ce qui est bon.

Je m'approche.

— Vous vous êtes empiffrés de crêpes, je vous avais prévenus que vous seriez malades.

— C'est donner de la confiture aux cochons, Désir, conclut Tifenn.

— Tu traites mes enfants de cochons ?

— Regarde-les, ils mangent comme des porcs.

Les parfaits nous fusillent du regard. Je passe derrière le bar et je tends à ma tante préférée le verre d'eau fraîche qu'elle a amplement mérité. Papa aurait bien ri. Papa ne rira plus jamais.

JOUR 6

Dom

Le lendemain, oncle Gaston m'annonce officiellement qu'il est mon tuteur. Il ne peut pas deviner que
je l'ai entendu l'annoncer à Désir et Tifenn pendant la
nuit *glaz*.

— Je ne remplacerai jamais ton père, Dom. Sa
confiance m'honore. Je ne pourrai pas t'aider en maths
et je suis un piètre cuisinier, mais je serai toujours là
pour toi. Demande-moi ce que tu veux.

Personne ne remplacera papa, je déteste les maths
et c'est sympa de dîner chez Gwenou. Ce que je veux ?
Je tente ma chance, ça fait des années que je tannais
papa.

— Je peux avoir un chien ?

Mon oncle sourit.

— Tu crois m'avoir aussi facilement ? Les chiens
sont de toute façon plus heureux à la campagne. Tu en
adopteras un quand tu y vivras.

— À Groix ?

— Où tu voudras. Ma sœur nous a invités à dîner.
Elle veut être gentille.

— On est obligés d'accepter ?

— Je crains que oui. On partira tôt.

— Tante Tifenn vient aussi ?

— Désir ne l'a pas conviée, alors ne lui dis rien, ça lui ferait de la peine.

À la seconde où j'entre chez tante Désir, je sens l'odeur abominable. Ça pue dans l'appartement, l'odeur collera à nos vêtements jusqu'au siècle prochain. On s'installe autour de la table. Mes cousins gloutons se ruent chacun sur un poêlon.

— Sers-toi de fromage à raclette, Dom.

— Je n'ai pas très faim, merci. Je me réserve pour le plat.

Elle ouvre de grands yeux.

— Mais c'est le dîner, mon garçon. Un menu familial et convivial ! Ton père te nourrissait de hamburgers, de pâtes et de pizzas, c'était absurde ! Ta mère était végétarienne, quelle sottise ! Tu dois apprendre à te nourrir convenablement. Protéines et salade verte.

Claire nous a abandonnés un 11 septembre, on s'est écroulés comme les tours américaines avant ma naissance. Le soir de notre dernier dîner, elle nous avait fait une fondue savoyarde. Depuis, le fromage chaud me soulève le cœur, alors la raclette, ça ne passe pas, plutôt mourir.

— Je m'excuse, mais je suis allergique au fromage.

— On ne dit pas je m'excuse mais je te prie de m'excuser. On peut être allergique aux fruits de mer mais pas au fromage. Mange !

Je vis dans le même immeuble que ma tante depuis ma naissance, mais c'est la première fois qu'elle m'invite chez elle. Je me lève, dégoûté et déterminé.

— Je te prie de m'excuser, je ne me sens pas très bien.

— C'est vrai que tu es pâle, s'inquiète Gaston.

— Je vais te faire un œuf au plat, soupire Désir.

Ce n'est pas son genre de capituler si vite. Elle part dans la cuisine où son frère la suit. Je les rejoins pour proposer mon aide et m'éloigner du fromage qui pue. Je l'entends dire :

— Ce gosse est mal élevé Gaston, il faut le reprendre en main !

Je retourne dans le salon où elle m'apporte l'œuf au plat mal cuit avec le blanc gélatineux et le jaune tremblotant. Je l'avale tout rond pendant que mes cousins se bâfrent et que son mari invisible mange sans bruit. Puis elle se tourne vers moi, souriante, du fromage collé aux gencives.

— Il faut se serrer les coudes en famille. Je n'ai pas invité Tifenn ce soir, nous sommes mieux entre vrais Le Goff. N'hésite pas à venir chez nous quand tu veux, Gaston ne connaît rien aux enfants. Je pourrais être une seconde mère pour toi. Mes enfants te considèrent déjà comme leur frère, n'est-ce pas les garçons ?

Les parfaits me regardent avec leurs petits yeux de cochon.

— Tu emménages quand chez Gaston, puisque Yrieix l'a choisi lui plutôt que nous ? poursuit Désir, la bouche pincée. Je voudrais louer ton appartement pour faire un duplex avec le nôtre, les garçons seront bien là-haut.

La gorge en carton, je mets les choses au point.

— C'est chez moi. Je ne pars pas.

— Bien sûr que si, décrète Désir. Un peu d'autorité, Gaston, que diable !

— Ton offre a été rejetée, Désir, conclut Gaston en fixant calmement sa sœur.

— C'est ridicule, ce gosse ne peut pas habiter tout seul !

— Il n'est pas seul, puisque les vrais Le Goff et « la fausse » Le Goff vivent dans l'immeuble. Il faut se serrer les coudes en famille, tu viens de le dire. Je pensais également que Dom monterait chez moi, mais il n'y a pas d'urgence. Tu peux rester dormir dans ta chambre pour l'instant Dom, si tu y tiens. On verra après.

— Je connais un moyen de vous faire plier, grogne Désir.

— C'est une menace ?

— La protection de l'enfance verrait sûrement d'un mauvais œil qu'un mineur soit abandonné à lui-même. Si tu n'es pas à la hauteur, un autre référent familial sera nommé. Je suis une épouse et une mère accomplie. Le juge ne s'y trompera pas.

Les parfaits remplissent consciencieusement leur cinquième poêlon puant sans prêter la moindre attention à la discussion. Ma tante me foudroie du regard.

— Tu serais trop toxique pour mes fils. Il faudrait t'envoyer dans un pensionnat militaire. Ils sauraient faire de toi un homme.

— Je préfère vivre à Groix.

Elle rit méchamment.

— Tu n'as plus personne sur place, mon garçon, sauf ta grand-mère qui perd la boule.

— Je peux habiter chez mon amie Mathilde.

— Tu es mineur, tu iras là où nous te dirons. Je suis née sur le caillou de nos parents et je me félicite de l'avoir quitté. Il n'y a aucun avenir pour toi, là-bas !

Je vole au secours de mon île :

— Tu ne comprends rien, les Groisillons sont forts et courageux. Je te rappelle que Groix était le premier port thonier de France, je serai fier de m'y installer et d'y gagner ma vie.

— Tu es d'une naïveté confondante, Domnin. Il faut, dès le plus jeune âge, nouer des amitiés utiles, se construire un réseau solide. Mes fils, sur l'île de Ré, sont déjà reçus dans les résidences secondaires de capitaines d'industrie, de grands avocats ou de pontes de la médecine. Les gens qui comptent ne vont pas à Groix ! Tu ne seras invité nulle part !

Je m'en fiche pas mal, moi je veux juste être invité quelque part : chez Mathilde. Et les Groisillons comptent, pour moi. Mais je ne dois pas attaquer ma tante de front, je refuse de passer les trois ans qui me séparent de ma majorité à sa merci. Plutôt crever, je ne rigole pas. Gaston se lève et me fait signe de l'imiter.

— Ce dîner était une mauvaise idée. Tu n'as pas changé, Désir, tu es née pour être une fouteuse de merde. J'emmène Dom chez Gwenou. Ne te mêle pas de nos affaires. Occupe-toi de ton cadavre dans le placard, si tu vois ce que je veux dire.

Désir pâlit. Encore un cadavre. Il y a décidément trop de cadavres dans cette histoire.

On traverse la rue. La spécialité de Gwenou, c'est les moules frites, Gaston les commande au roquefort, moi au curry. Elles sont presque aussi bonnes que celles des Garçons du port à Groix. Kerstin dîne seule devant des moules marinières en révisant un cours d'anatomie. Le cœur devant elle ressemble à une poire coupée en deux. Elle a surligné au stabilo « les cordages s'attachent sur la face ventriculaire et le bord libre des valves ».

— Il y a des cordages dans le cœur comme sur les bateaux ?

Elle sera bientôt infirmière diplômée. Papa lui a demandé un jour pourquoi elle ne faisait pas ses études en Allemagne, la question a eu l'air de la gêner, il n'a pas insisté. Noalig entre, nous repère, nous rejoint. Elle organise des voyages à la carte, elle se balade dans le monde entier, elle dit que ses clients sont des idiots et qu'il n'y a rien de plus beau que la Bretagne. On lui fait une place, elle choisit des moules nature.

— Vous ne deviez pas dîner chez Désir ? s'étonne Kerstin.

— Elle veut m'envoyer en pension pour agrandir son appartement.

— Il n'en est pas question, coupe Gaston. Tu vas

rester chez toi pour l'instant, comme tu le souhaites. Moi vivant, je ne la laisserai pas faire !

Ça veut dire que s'il meurt, Désir mettra sa menace à exécution ? Il est le survivant des trois frères, on meurt jeune chez nous. J'espère que ses cordages sont bien arrimés.

L'amoureuse

Mon amour, tu viens à peine de tourner les talons que déjà la bataille fait rage. Tes vêtements sont encore pendus dans les armoires, tu reçois du courrier, ton nom est inscrit sur la boîte aux lettres. Le type du kiosque au bout de la rue me dit qu'il ne t'a pas vu de la semaine, je lui réponds que tu es enrhumé, je ne veux pas m'écrouler devant lui. Il t'imagine reniflant et parlant du nez, j'ai envie d'aller t'acheter des gouttes et des mouchoirs en papier. Il paraît que ta sœur brigue ton appartement. Ton fils refuse de le quitter, elle va manœuvrer pour arriver à ses fins. En douce, pas en douceur, Désir est un éléphant dans un magasin de bols bretons. Je n'ai aucun moyen de la contrer. Les liens du sang priment sur l'amour, la loi n'est pas de mon côté, ma parole n'aurait aucun poids. J'assiste à la débâcle avec un curieux senti-ment de dédoublement. Ils ne savent pas, personne n'imagine, pour nous. Je te saluais tous les jours dans l'escalier comme si je n'avais pas dormi dans tes bras. Ils cherchent qui était avec toi. «Une pute?» suppose ta sœur. Mon corps tangue sous l'insulte. Je souris au lieu de m'émietter. J'écoute Ella Fitzgerald chanter *Bewitched, Bothered and Bewildered* sur ta clef USB. Ta liste de musiques à écouter avant de mourir me maintient en vie.

JOUR 9

Dom

La vengeance est un plat qui se mange froid, pas comme la raclette. Avant, le mot « inventaire » évoquait pour moi un magasin temporairement fermé. Maître Jules, le notaire, téléphone à oncle Gaston pour l'informer que tante Désir exige qu'on fasse l'inventaire des biens de papa, parce qu'elle « suspecte son frère aîné de me spolier ». Gaston hausse les épaules mais je vois bien que les soupçons de sa sœur le peinent.

— Elle me fait payer ta décision de rester chez toi, Dom. Tu ne changeras pas d'avis ? Tu n'auras pas peur, seul, la nuit ?

— Je ne suis plus un bébé. Ça se passe comment, un inventaire ?

— Un commissaire-priseur va venir recenser ce qui appartenait à ton père. Il n'ira pas dans ta chambre.

— Un commissaire ? Mais pourquoi ? Papa n'a rien fait de mal !

— Pas un commissaire de police. Un officier ministériel qui mène les ventes aux enchères publiques, tu en as vu au cinéma, le type qui frappe avec son marteau en criant «Adjugé, vendu».

— Il va vendre les affaires de papa?

Je suis catastrophé. Oncle Gaston met sa main sur mon épaule.

— Non, mon ami, seulement les estimer pour que tu paies beaucoup d'impôts. C'est le cadeau empoisonné de ma chère sœur que je vendrais avec joie aux enchères.

Papa m'appelait «mon fils». Pour Gaston je suis «mon ami». Pour tante Désir «mon garçon». Pour Kerstin «*Schatz*». Pour Tifenn «Domino». Au collège je suis «Le Goff». À Groix je suis «*Ar Gov*». J'ai mis du temps à oublier les surnoms que me donnait Claire mais j'ai réussi, je ne m'en souviens plus du tout.

Oncle Gaston m'explique les principes de l'héritage.

— En tant que fils unique, tu es le seul «ayant droit» de ton père, tu as droit à tout ce qu'il possédait, à condition de payer les droits de succession.

Je proteste:

— Et Claire?

Il secoue la tête.

— Tes parents n'étaient ni mariés ni pacsés, ton père a rédigé son testament en ta faveur.

— J'hérite aussi de sa patinette électrique alors?

Gaston a une Morgan décapotable à deux places, Tifenn une petite Fiat 500, Désir un monospace familial. Elle prenait papa pour un fou quand on se déplaçait en patinette, électrique pour lui, mécanique pour moi.

— Oui.

Nous avons rendez-vous à la banque avec deux hommes plus jeunes que papa qui portent un costume et une cravate. Maître Jules est souriant et sympa. Le commissaire Fabien aussi, et il a des chaussures anglaises splendides, papa m'a appris à les reconnaître, il en avait une paire qu'il mettait peu pour ne pas les abîmer. Il aurait mieux fait d'en profiter. Oncle Gaston appelle le notaire et le commissaire « maîtres ». Depuis que la mystérieuse blonde a tué papa, on croule sous les maîtres sans savoir qui est sa maîtresse.

La banquière me présente ses condoléances, elle demande à me voir en privé avec mon tuteur avant qu'on descende dans la salle des coffres. Elle vérifie notre identité, fait des photocopies.

— Vous avez l'acte de décès ? Parfait. Et l'attestation dévolutive ?

— La quoi ?

Oncle Gaston lui tend une feuille et m'explique.

— Maître Jules atteste sur ce document que ton père a rédigé un testament olographe en ta faveur.

— Olographe ?

— Écrit, signé et daté.

Je lis : « Le défunt a confirmé la dévolution successorale en léguant tous ses biens à son fils Domnin Le Goff, étant précisé que Dom correspond à son prénom d'usage. L'original de ces dispositions testamentaires a été déposé au rang de mes minutes.»

C'est quoi ce charabia, j'y comprends rien! Quelles minutes?

«Domnin Le Goff est habile à se dire et porter héritier de monsieur Yrieix Le Goff, son père susnommé.»

Ils ne peuvent pas parler comme tout le monde? Je ne suis habile en rien, d'ailleurs papa disait que j'avais deux mains gauches.

— Votre père était un client fidèle, me dit la banquière. Sa disparition m'a beaucoup peinée.

Elle semble sincère. Elle est blonde, jolie. C'est elle qui a appelé le Samu?

— Vous aimez le champagne?

— Comme tout le monde, fait-elle, surprise.

— Je suis le tuteur de mon neveu, lui explique Gaston. Il désire fermer le compte de son père et transférer ses avoirs sur un compte successoral dont je vous ai apporté le RIB.

— Dans une banque concurrente? demande la blonde qui s'est vite consolée.

— Dans la mienne.

— Je peux vous ouvrir ce compte ici, dit-elle en me fixant. Vous n'êtes pas forcé de partir ailleurs.

Devant ma mine défaite, Gaston intervient.

— On ferme son compte chez vous. S'il vous plaît. C'est tout.

La banquière, déçue, n'est plus du tout peinée. On descend avec maître Jules et maître Fabien au coffre qui ne contient pas grand-chose : des papiers, une enveloppe pour Gaston qui l'empoche sans l'ouvrir, de l'argenterie qui ne brille plus, la montre en or de mon grand-père. Maître Fabien note chaque objet dans la colonne de gauche d'un carnet rouge et un chiffre dans la colonne de droite. Je ferme le compte et je rends le coffre. La banquière ne nous aime plus du tout.

Les deux maîtres nous accompagnent ensuite à l'appartement. Je leur offre un café, papa en proposait toujours aux invités. Jules, Fabien et Gaston boivent leurs expressos, moi un Breizh Cola en levant mon verre, *yehed mad*, à la tienne, papa.

— Nous allons faire l'inventaire de chaque pièce, ce ne sera pas long, dit maître Jules.

Je me méfie.

— Mon père avait un compte chez vous aussi ?

— Non. Les notaires évaluent un patrimoine, ils ne le gèrent pas.

— Mais vous aussi, vous avez intérêt à me garder comme client ?

— Je serais ravi de vous assister à l'avenir si vous achetez ou vendez un bien.

— Et quand je mourrai ?

Il sourit.

— Je mourrai avant vous, Dom, je ne m'occuperai pas de votre succession. Je suis là aujourd'hui pour vous faciliter les choses. On commence par où ?

Je les emmène dans la chambre de papa.

— Dites-nous ce qui appartient à votre père.

Je hausse les épaules.

— Ben, tout ! J'ai quinze ans, rien n'est à moi sauf mon argent de poche.

Tout est à papa, même moi puisque je suis son fils. Je vaux combien pour maître Fabien ? Un Breton tête de cochon vaut plus qu'un Parigot tête de veau ?

— Le bureau à cylindre marqueté était à mon père, il l'a légué à Dom, intervient oncle Gaston. Il ne rentre pas dans le cadre de la succession.

— Très bien, dit Fabien en barrant une ligne.

Je m'éloigne et je souffle à mon oncle :

— C'est vrai, pour le bureau de *peupé*, mais on n'a aucun moyen de le prouver. Comment ils savent qu'on ne leur ment pas ?

À Groix on appelle les grands-parents *peupé* et *meumée*, sauf tante Désir qui trouvait plus chic que ses fils disent grand-père et grand-mère.

— Nous sommes bretons mon ami, nous ne trichons pas, me répond Gaston.

C'est étrange de voir deux inconnus ouvrir les tiroirs de papa, bouger ses caleçons et ses tee-shirts, toucher ses baskets, ses mocassins, ses boots et sa belle paire de chaussures anglaises, regarder ses chandails, ses jeans et ses vestes, écarter ses blousons et ses manteaux. Nous passons dans son bureau. Les albums de bandes dessinées montent jusqu'au plafond. Il y a des planches originales encadrées sur les murs, ce sont des pièces de musée, pas des albums à colorier. Jules et Fabien redeviennent des enfants émerveillés, un peu plus et ils s'assiéraient par terre avec leurs beaux costumes et leurs cravates pour dévorer les BD.

— Depuis la naissance de Dom, chaque fois que mon frère a travaillé avec des auteurs, il leur a demandé une dédicace pour son fils, précise Gaston. Regardez !

Pour mes dix ans, papa m'a offert une pile impressionnante d'albums avec mon prénom écrit dedans. Moi je m'en fichais, mais il avait l'air si heureux que ça m'a fait plaisir pour lui.

— C'est une collection admirable, me dit maître Fabien. Elle est hors succession, puisque ces dessins vous sont dédicacés.

— Inestimable, poursuit maître Jules. Regardez ce dessin de Cabu !

Je me souviens du 7 janvier 2015, papa m'avait emmené visiter l'expo Harry Potter à Londres. On était dans l'immense réfectoire de Poudlard, éclairé aux bougies. Il a commencé à recevoir des SMS, a pâli, on est sortis, il est monté sur la moto d'Hagrid, moi dans le side-car, et il a passé une heure au téléphone. Il avait les larmes aux yeux, il parlait vite, fort, il répétait : « Je ne peux pas le croire. » J'ai vu papa pleurer trois fois. Le matin où il m'a réveillé pour m'expliquer que Claire nous aimait mais qu'elle était partie travailler au bout du bout du monde. Celui où il est allé chez le véto faire endormir Babig, notre teckel. Et celui de la tuerie à *Charlie Hebdo*.

Maître Fabien s'approche d'un petit tirage en

bronze numéroté d'Astérix que papa avait offert à Claire.

— J'imagine qu'il appartient aussi à Dom ? demande maître Jules.

— Oui, comme les planches originales, déclare Gaston.

C'est faux mais je ne le dis pas. Jules et Fabien passent de pièce en pièce, ils font la liste des possessions dont j'hérite en retirant ce que Gaston précise être à moi. Souvent, dans les inventaires, les frères et sœurs s'étripent et s'insultent.

— Vous êtes l'unique ayant droit, vous échappez à ça, me dit maître Jules.

— Ma sœur a exigé cet inventaire pour nous emmerder, elle espérait me vexer en me soupçonnant de léser mon neveu, explique Gaston.

Nous terminons par le cagibi où papa entassait tout plein d'affaires. Une valise orange est rangée sur l'étagère du haut. Ils la descendent.

— Il y a quoi dedans ?

— Je ne sais pas.

Ma réponse est sincère.

Ils l'ouvrent. Le parfum de Claire jaillit. C'est comme si elle était revenue. Je reconnais ses chandails multicolores, son collier et ses bracelets fantaisie, l'écrin avec l'émeraude que papa lui avait offerte pour ma naissance, elle la portait rarement parce qu'on ne met pas de bague au bloc opératoire. Sa collection de petites boîtes marrantes. Ses livres préférés, *L'Usage du monde* de Nicolas Bouvier, *Quand j'avais cinq ans je m'ai tué* de Howard Buten, *Le Bruit des clefs* d'Anne Goscinny. Si elle les a laissés, elle devait se sentir très mal. Papa a rajouté au-dessus de ses vêtements un paquet de photos de nous trois ensemble. On a l'air super heureux. Je nous reconnais mais ce n'est plus moi.

— C'est à Claire.

— Votre mère ? demande maître Jules.

— Oui. Elle les récupérera à son retour.

Il n'insiste pas, passe à la cuisine. Enfin, maître Fabien consulte son carnet rouge.

— J'évalue les meubles meublants, les bijoux et les objets personnels à neuf mille euros.

— Papa n'avait pas de bijoux, dis-je. L'émeraude n'est pas à lui.

— Il avait la montre en or de votre grand-père, rappelle maître Jules.

J'hésite, puis je tends mon poignet avec la montre de marine.

— Et celle-ci.

C'est marée haute à Groix, le meilleur temps pour la baignade.

— Ce n'est pas un bijou. J'ai fini ma prisée, annonce maître Fabien. Mon rapport sera annexé à l'acte notarié pour le calcul des droits de succession. Merci de nous avoir reçus.

Ils se dirigent vers la porte. Maître Jules se retourne avant de passer le seuil, comme le lieutenant Columbo dans les vieux épisodes à la télévision.

— Prenez soin de vous, Dom. Et de cette collection. Votre père a eu raison de demander ces dédicaces. J'y songerai pour mon fils.

Je me penche au-dessus de la rampe. Tante Désir entrouvre sa porte au moment où ils passent et fait semblant de tomber sur eux par hasard. Maître Jules s'est occupé du pauvre Georges quand il a acheté un parking pour leur monospace.

— Quel plaisir de vous revoir, maître, dit-elle. Vous avez procédé à l'inventaire ?

Maître Jules lui serre la main sans répondre. Elle insiste :

— Vous avez bien tout chiffré ? J'espère que mon frère aîné s'est montré coopératif ? Je m'étonne de ne pas avoir été avisée de votre venue.

— Les personnes concernées ont été prévenues, madame.

— Pourtant personne ne m'a rien dit !

— Je vous répète que les personnes concernées ont été prévenues. Bonne journée, dit-il sans lui présenter le commissaire.

Tante Désir rentre chez elle en bougonnant. Kerstin, qui monte avec le courrier, croise les deux maîtres sur le palier. Les hommes se tiennent toujours plus droit en sa présence, oncle Georges lui-même redevient visible.

— Tu as menti pour les planches originales et Astérix, dis-je à Gaston d'un ton accusateur.

Mon tuteur sourit.

— Nous sommes bretons, mon ami. Donc nous sommes honnêtes, et nous sommes malins.

Tante Désir passe sa colère sur son pauvre mari, on l'entend crier à travers le plancher. Moi je suis préoccupé.

— Comment je paierai les droits de succession ? Je me doute bien que mon argent de poche ne suffira pas.

— Je vais te faire une donation. Je n'ai pas d'enfant, tu seras mon héritier, je ne léguerai rien aux infâmes mômes de Désir.

Je crie, furieux :

— Je ne veux pas que tu meures, toi aussi !

Mon oncle me fixe gravement.

— Je vivrai jusqu'à ce que tu tombes amoureux et que tu n'aies plus besoin de moi.

Je respire mieux. Je ne serai jamais amoureux, comme ça Gaston deviendra centenaire. L'amour tue, je suis bien placé pour le savoir.

L'amoureuse

Ton fils regarde les gens droit dans les yeux, il ne
les détourne pas sous le poids du malheur. Moi, je te
l'avoue, je plie, je ploie. Je me transforme en roseau
malmené par le vent. Je ne ferai plus jamais l'amour,
l'idée d'un autre homme, d'autres étreintes, d'autres
abandons, est impensable. Dom a toute la vie devant
lui pour découvrir ce qui mène le monde, la passion,
le désir, la jalousie, la soif de gloire. Qui lui apprendra
les délicatesses et les fulgurances des corps ? Quel est
le bon âge pour ça ?

J'ai envie de m'en aller, quitter Paris et la France,
fuir loin, comme Claire. Ma promesse m'en empêche.
J'aurais préféré mourir moi, plutôt que toi. Je n'ai pas
d'enfants, personne ne m'attend nulle part. Quand je
croise des couples dans la rue, les bras ballants, indif-
férents, j'ai envie de les secouer, de leur hurler de ne
plus perdre une minute, de foncer chez eux se serrer
l'un contre l'autre. Je m'accroche au souvenir de ton
corps et de ton odeur, à la saveur de notre dernière
gorgée de champagne. Dom doit aller en voyage orga-

nisé à Rome avec sa classe en juin, nous en aurions profité pour faire une virée à Lisbonne en amoureux. J'ai mon billet d'avion, notre réservation d'hôtel, tu m'as offert un CD d'Amália Rodrigues, j'écoute *Com que voz* chaque matin en me réveillant seule dans mon lit. Je t'ai donné *Le Livre de l'intranquillité* de Fernando Pessoa. J'ai recopié une citation sur la première page : « La valeur des choses n'est pas dans la durée, mais dans l'intensité où elles arrivent. C'est pour cela qu'il existe des moments inoubliables, des choses inexplicables et des personnes incomparables. »

Je ne suis pas faite pour garder les hommes, celui que j'aimais avant toi m'a quittée. Au cinéma, dans les livres, les morts ordinaires frémissent, gargouillent, s'affolent, se raidissent, mollissent. Toi, si éblouissant, si créatif, rien. Tu as glissé là où tu es maintenant comme un bateau glisse sur son erre, tu as juste cessé de respirer. Et tu as emporté mon futur dans tes sacoches.

Ils ont fait l'inventaire de ton appartement, Gaston l'a raconté à Gwenou qui me l'a répété. Tes quarante-sept ans de vie se résument à neuf mille euros, des planches originales, une collection de BD, ton appartement de Paris et ta maison de Kerlard acquis grâce à l'invention de ton père. On naît, on rit, on pleure, on aime, on se bat, on meurt, et il ne reste de nous que des objets, des titres de propriété et un chiffre avec plus ou moins de zéros. Faire l'inventaire de ce que tu m'as laissé ne prendra qu'une minute. Ta femme t'avait brisé le cœur, je l'ai à moitié recollé. Quand on est sortis de chez ton cardiologue l'an dernier, tu m'as lancé en plaisantant que tu allais me casser les pieds longtemps. Tu as posé sur ma table ton paquet de cigarettes et ton vieux briquet en argent en disant : «J'arrête. » Tu as décidé de vivre vieux, tu as prévu de nous emmener, ton fils et moi, faire le tour du monde quand il aura passé son bac. Il me reste de toi nos projets fabuleux, ce briquet, la clef USB des musiques indispensables et un chandail en cachemire gris qui sent le sel et la Bretagne. Un samedi soir où il faisait frais tu l'as posé sur mes épaules, ton fils était en week-end chez un copain, on s'est promenés sur les bords de Seine comme un vrai couple. Je dors dans ton pull en ce moment. Il a le parfum de mes larmes et de ton eau de toilette.

JOUR 11

Dom

J'en ai marre des *con-doléances*. Ce mot me dégoûte. Con, tout le monde sait ce que ça veut dire. «Le jour où on mettra des cons sur orbite, t'as pas fini de tourner», papa citait souvent cette réplique d'Audiard. Quant aux doléances, la seule que j'ai c'est de savoir qui était la femme blonde avec lui. Est-ce qu'elle l'aimait? Depuis le départ de Claire, il marchait seul. C'est triste de marcher seul. Moi, j'ai Mathilde et les sentiers côtiers de Groix.

Chaque matin, Kerstin me monte le courrier. On a annoncé la disparition de papa dans *Le Figaro*, *Ouest-France* et *Le Télégramme*. Dans *Le Figaro* au nom d'Yrieix Le Goff, dans les journaux bretons au nom d'Yrieix Ar Gov. On nous a envoyé des tas de lettres de condoléances. Gaston a fait imprimer des cartes de remerciements avec nos quatre noms. J'ajoute «Merci» avec mon prénom et un triskell. Papa aurait aimé ça, je crois. J'ai reçu des lettres de son éditeur, de ses collègues, d'auteurs et de dessinateurs. De mes professeurs, du directeur du collège, de Groisillons et de Groisillonnes, de voisins, de commerçants, d'amis connus et inconnus. Et puis LA lettre d'Inde.

Je la regarde, interloqué. La lettre est adressée à «Famille Le Goff», la signature à la fin est illisible. Le prénom commence par un G, Gaston, Gurvan, Georges, Gildas, Goulven? Le nom est indéchiffrable. Le texte est plus facile à décrypter: quand on trouve le début d'un mot, on peut deviner la suite.

Je vous présente mes condoléances à l'occasion du départ prématuré de M. Yrieix Le Goff que j'ai eu le plaisir de rencontrer en Argentine avec sa femme il y a dix-huit ans, juste avant la naissance de leur fille.

Quelle fille? Je suis fils unique!

J'étais à l'époque en poste en Amérique du Sud, j'ai depuis été muté en Inde. Je garde un excellent souvenir de notre visite au glacier Pepito Moreno.

Je ne connais pas cette marque, moi j'aime les Magnum, les Pépito sont trop sucrés.

Mon front est en sueur. J'essaie de rassembler mes esprits. J'ai une grande sœur en Argentine? Pourquoi mes parents ne m'en ont jamais parlé? Elle vit avec Claire? C'est pour ça qu'elle ne revient pas? Pourquoi elles n'ont pas pris l'avion ensemble pour venir à l'enterrement?

Le monsieur n'a pas écrit son adresse, il a collé un sticker sur l'enveloppe mais le papier s'est déchiré, on devine à peine la ville, New Dehli. Je relis la lettre encore et encore. Claire et Yrieix ont eu une fille. Où est-elle ? Elle est morte, et ils n'ont plus prononcé son nom parce qu'ils avaient trop de peine ? On l'a enlevée ? Ils l'ont abandonnée puis Claire l'a rejointe parce qu'elle préfère avoir une fille plutôt qu'un garçon ? Ma colère monte, lentement. Si je ne la passe sur rien, je vais imploser.

Papa tenait beaucoup à son stylo Montblanc avec ses initiales gravées, cadeau de Claire. À la boule de sulfure bleue posée sur son bureau. À sa manille en or porte-bonheur. Et à Astérix. Maintenant tous ces objets m'appartiennent. Je les fourre dans mon sac à dos, je descends l'escalier et je les balance dans la poubelle de l'immeuble. La boule de sulfure gémit en heurtant une vieille casserole au manche cassé. Le copain d'Obélix se couche sur un lit d'épluchures de carottes. Le stylo s'enfile dans une boîte de conserve ouverte. La manille glisse au fond du container. Je me sens plus léger. Je pars au collège faire semblant d'écouter. Les profs me foutent une paix royale en ce moment, j'ai une excuse en béton. J'ai la moyenne à tous mes contrôles. On ne tire pas sur une ambulance.

L'amoureuse

On ne se rend pas compte à quel point l'intérieur d'un appartement est visible depuis la rue, c'est une scène de théâtre. Les hommes ne tirent pas les rideaux, on plonge chez eux, ils s'en moquent. Les femmes protègent plus jalousement leur intimité. Quand j'étais avec toi, je fermais la fenêtre et les voilages. Depuis qu'il est orphelin, ton fils vit en vitrine. Assise à ma table préférée chez Gwenou, alias le Grek, je vois Dom se déplacer de pièce en pièce. On appelle les Groisillons des Greks à cause des cafetières, *grek* en breton, dont le contenu réchauffait autrefois les marins sur les thoniers. Les bistrotiers de Montparnasse sont tous bretons – un quartier sûr pour ne pas rater leur train, ils vont à la gare en trois enjambées. Depuis deux ans, je prends chaque matin mon petit déjeuner chez le Grek pour le plaisir de siroter mon café sous tes fenêtres. J'avais l'impression d'être avec toi pendant que tu buvais le tien avec ton fils, dans votre cuisine sans rideaux. Tu savais que j'étais en face. Maintenant je bois mon café et je mange ma tartine au beurre salé en le regardant verser son lait sur ses céréales, seul.

Les ados sont des animaux étranges. Je ne me rappelle pas avoir été ainsi, dansant d'une basket sur l'autre à la frontière entre l'enfance et l'âge adulte. De mon poste de vigie, je vois Dom ramasser des objets, les fourrer dans son sac à dos posé sur la table de la cuisine. Par la porte cochère ouverte sur la rue, je le suis des yeux jusqu'au local à poubelles au fond de la cour. Puis il part au collège.

Je me précipite pour savoir ce qu'il a jeté. Bonne pioche ! Je repêche la boule de sulfure, un peu éraflée, et ton cher stylo. Je ne repère pas tout de suite la manille que je t'ai donnée pour notre premier anniversaire, mais elle brille pour m'appeler. Nos étreintes ce jour-là avaient un goût de soleil, d'océan et de rires. J'enlève les carottes du costume d'Astérix et je dissimule mon butin dans mon cabas. Je suis furieuse à l'idée que ces trésors auraient pu être broyés par les mâchoires intraitables de la benne. Les ados sont des animaux sauvages. Ton fils a jeté les objets que tu aimais. *Sag warum* ? Pourquoi ?

Dom

Je rentre sans un regard pour le local à poubelles. Pour le dîner, Tifenn apporte du saumon mariné, des pommes de terre de Groix et de la salade ; Gaston a acheté des glaces. Il repère le rond de la boule de sulfure dans la poussière. Il cherche Astérix des yeux en fronçant les sourcils.

— Tu as changé des objets de place ?

— On n'est pas dans un musée. Je suis chez moi, non ?

— Pas la peine de monter sur tes grands chevaux. Tu peux les mettre où ça te chante. Tu peux même les balancer, ils t'appartiennent.

— Exactement !

Je vais à la pêche aux infos.

— Tu sais si papa et Claire ont voyagé avant ma naissance ? En Amérique du Sud par exemple ?

— Yrieix respirait mal loin de notre île, répond Gaston. Il était croché à son caillou. Il s'est installé à Paris pour le travail mais il revenait en Bretagne dès qu'il pouvait. Voyager ne le tentait pas, il avait déjà son port d'attache.

— Ils n'ont pas eu d'autre enfant ?

— Quelle drôle de question ! Tu sais que tu es fils unique.

— Donc je n'ai pas de sœur ?

— Bien sûr que non. C'est Désir qui t'a mis ces idées stupides dans la tête ? s'inquiète Gaston.

J'ai mauvaise conscience. Mon acte de rébellion minable me titille comme une dent cariée. Les éboueurs étaient déjà passés ce matin. Il n'est pas trop tard. Je peux encore rattraper le coup.

Aussitôt Gaston et Tifenn partis, je descends sur la pointe des pieds sans allumer la minuterie à cause de Désir. J'ouvre le local à poubelles. D'autres habitants de l'immeuble ont jeté leurs ordures, le container est plein à ras bord, j'aurais dû prendre des gants. Les trucs de papa ont glissé au fond. Je vide carrément la poubelle sur le sol en essayant de ne pas faire de bruit. Je trie, je sépare, je cherche patiemment. Puis impatiemment. Je retrouve les épluchures de carottes, la casserole sans manche, la boîte de sardines. Mais je ne vois ni sulfure, ni stylo, ni manille, ni statue. On les a volés !

Tout de suite, je soupçonne Désir. Je bouillonne de rage mais je ne peux rien lui reprocher. C'est ma faute. Papa ne serait plus du tout fier de moi. Il ne risque pas de venir m'engueuler, il est mort. Yrieix 0, Dom 1.

Je frappe à la loge de Kerstin. Elle ramasse vite les

papiers étalés sur sa table. Qu'est-ce qu'elle croit ? Son courrier et ses affaires ne m'intéressent pas. Au dernier Noël, elle a dîné chez nous avec Gaston et Tifenn, mais quand sa famille a appelé pour les vœux elle est redescendue chez elle, alors qu'on ne parle même pas allemand. Je lui avoue ma bêtise. On redescend ensemble, on cherche à nouveau. Noalig, qui revient du cinéma, nous trouve à quatre pattes au milieu des ordures.

— Qu'est-ce que vous faites ?

— On cherche des trucs que Dom a jetés par erreur.

— Quand mon ex a demandé le divorce, j'ai pris tous ses vêtements et je les ai posés dans la rue avec une pancarte «Servez-vous». Quand il est rentré, il n'y avait plus que la pancarte. Il s'est mis à pleurer comme un bébé pour des fringues, des blousons et des jeans, vous vous rendez compte ?

— Je n'ai pas sorti les poubelles, donc quelqu'un de l'immeuble s'est servi, dit Kerstin.

— Vous cherchez quoi ? demande Noalig en posant son sac.

— Un stylo, une boule de verre, une manille jaune, récite Kerstin.

— Et une statue d'Astérix.

— Celle qui était posée sur le bureau de ton père ? s'étonne Noalig.

— Tu es entrée dans le bureau de papa ?

Je suis stupéfait. Noalig dînait parfois chez nous, comme Kerstin, mais Yrieix n'invitait personne dans son antre. Tifenn choisit ce moment pour descendre sa poubelle. Kerstin et Noalig la mettent au courant. Elle me regarde et c'est pire que si elle m'engueulait. Je grogne :

— J'ai le droit de faire ce que je veux. C'était à moi !

— Si tu le dis Domino.

Elle cherche avec nous. Je lui demande si elle a gardé des objets d'oncle Yannig.

— Ils sont dans une boîte en haut d'un placard. Les voir me rendait triste.

— À quoi ça sert de les garder si tu ne t'en sers plus ?

— C'est une forme de respect. Il y a le sextant et l'astrolabe que son père lui a légués, et aussi son alliance.

— Il ne la portait pas ?

— Jamais en mer, elle s'accrochait aux écoutes, aux drisses et aux bouts.

J'aurais dû mettre les objets de papa hors de ma vue dans une boîte. Je repense au gentil pompeux en santiags. Les morts sont des gens comme les autres. Il faut prendre soin de leurs affaires.

Je vide la poubelle de papier parce qu'on ne sait jamais, on cherche même dans le container du verre, mais rien. On se replie dans la loge de Kerstin qui débouche une bouteille de vin allemand pétillant pour nous remonter le moral. Noalig, Tifenn et elle sont un peu pompettes, moi je trempe juste mes lèvres. Je remonte seul dans l'appartement. Je veux rejoindre la baie des Curés mais ce soir l'île ne veut pas de moi, comme dans l'expérience des aimants qui se repoussent.

JOUR 13

Dom

Le lendemain, je raconte tout à Gaston.

— C'est signé Désir. Quand on était petits, elle volait de l'argent dans le porte-monnaie de notre père. C'était la plus jeune, il était persuadé qu'un des garçons était le fautif, on était tous les trois privés de sortie pendant que cette chipie jouait sur la plage. Un jour on l'a prise la main dans le sac, ça faisait des mois qu'on était punis à sa place. Elle est foncièrement mauvaise.

— Je peux lui redemander ce que j'ai jeté ?

— Non mon ami, qui donne et reprend passe par la gueule du serpent.

Je baisse la tête. Hériter voulait dire garder, pas posséder.

— Tu sais pourquoi ta tante s'appelle Désir ? demande Gaston.

Je ne me suis jamais posé la question.

— Parce que vos parents trouvaient ça joli ?

— Pour contrebalancer la mauvaise nouvelle de son arrivée. Ils avaient eu trois garçons et croyaient en avoir fini avec les couches et les biberons. Elle a été la pire surprise de notre enfance et des quarante ans de notre mère.

Les gens dans ma famille ont un goût bizarre en matière de prénoms. Tante Désir ouvre sa porte alors que j'arrive sur le palier. Je tente ma chance.

— Hier soir, j'ai confondu mes ordures avec des trucs appartenant à papa. Tu ne les aurais pas récupérés en bas, par hasard ?

— Je ne fouille pas les poubelles, tu me prends pour une SDF ? dit ma tante avec mépris.

L'amoureuse

J'ai planqué tes objets dans un endroit où ton fils ne risque pas de les dénicher. Il avait l'air si piteux en les cherchant avec nous, j'avais bien envie de lui dire que je les avais sauvés. Mais je les lui rendrai quand il sera plus calme. Heureusement que j'ai regardé. J'écoute Montserrat Caballé chanter l'*Ave Maria* de l'*Otello* de Verdi sur ta clef USB. J'espère que tu l'entends, là où tu es. Ou mieux encore, qu'elle le chante pour toi en concert privé, là-haut. As-tu rencontré Maria Callas ? Et bu un coup avec Yann-Ber Kalloc'h, le poète groisillon dont tu récitais les poèmes par cœur ? Il disait que les hommes de Groix ne quittent guère la mer et qu'ils ont de l'audace, plus que les terriens. Tu étais un marin encalminé à Montparnasse. Je parie que vous allez devenir amis.

JOUR 15

Dom

Je suis en train de regarder un film avec Louis de Funès quand on sonne à la porte. Sur le plateau devant moi il y a une assiette avec du jambon de Parme, des tomates et de la mozzarella. Depuis que papa est parti dans le *suet*, je dîne soit avec Gaston chez Gwenou, soit chez Tifenn. Mais ce soir mon oncle joue au poker chez des amis. Ma tante reçoit une amie d'enfance et je ne suis pas d'humeur à faire la conversation. De toute façon ça ne me gêne pas d'être seul. On sonne une seconde fois. Qui est là ? Gaston et Tifenn ont chacun leur clef. Il est tard à ma montre sur laquelle c'est marée basse à Groix. Je regarde dans l'œilleton. Je vois deux policiers en uniforme. Tout de suite, je pense à Claire et je panique. J'ouvre.

— Ma mère a eu un accident ?

Le plus grand des deux hausse le sourcil droit.

— Vous êtes Domnin Le Goff ?

— Vous êtes là pour Claire ?

Ils échangent un regard.

— Qui est avec vous ?

La question ne me plaît pas.

— Mon père. Il est dans son bain.

Le petit policier fronce le nez.

— Nous avons reçu une plainte nous signalant qu'un orphelin mineur vivait seul ici. Vous avez quel âge ?

Je suis plus grand que lui. J'ose :

— Dix-huit ans.

— Vous en êtes sûr ? Présentez-nous vos papiers, monsieur.

— Je n'ai rien fait de mal.

— Pouvons-nous entrer ?

Je n'ose pas refuser, je recule, ils me suivent. Ils entendent des voix dans le salon.

— Vous n'êtes pas seul ?

— Je regarde *La Folie des grandeurs*.

— « Mon seignor, il est l'or, l'or de se réveiller ! » récite le grand. C'est vous Domnin Le Goff ? Où est votre tuteur ?

Je suis piégé.

— Deux étages plus haut.

— Vous pouvez lui demander de descendre ?

Je réfléchis à toute vitesse. Si j'appelle oncle Gaston il ne répondra peut-être pas, ou risque de voir mon message trop tard. Résultat je me rabats sur mon plan B qui devient un plan T comme Tifenn. Je lui envoie un SMS à la vitesse de la lumière.

— Il ne va pas tarder à revenir.

— Donc vous êtes effectivement seul ? La personne qui a porté plainte désire que le juge des enfants soit saisi.

— Le juge ? Mais pourquoi ?

— Nous allons faire un rapport, dit le grand policier qui a un regard de père.

Je parie qu'il a des enfants de mon âge. Soudain une clef tourne dans la serrure. Je retiens ma respiration. Tifenn entre, regarde avec surprise les policiers en uniforme.

— Qu'est-ce qui se passe ? Que faites-vous chez moi ?

Le petit policier plisse à nouveau son long nez.

— Chez vous ? Et vous êtes… ?

— Tifenn Le Goff.

— La mère de ce jeune homme ?

— Sa tante.

— Vous habitez ici ?

— Évidemment, vous imaginez un ado de quinze ans se débrouiller seul ? Vous n'avez pas d'enfant, monsieur ?

— Si, soupire le grand policier, deux ados, et je les supporte tous les jours ! Nous avons reçu un signalement affirmant que ce jeune homme était en danger. C'est donc faux ?

— Absolument faux, de la pure calomnie. Une vieille querelle avec ma belle-sœur jalouse qui habite en dessous. Son tuteur et moi-même sommes conscients de nos responsabilités. Tu as fini tes devoirs, Domino ?

J'acquiesce avec empressement.

— Vous me confirmez donc que ce mineur n'est pas livré à lui-même ? insiste le grand policier. Puis-je voir vos papiers, madame ?

Tifenn sort sa carte d'identité. Il constate qu'elle a la même adresse que moi, se radoucit. Il le notera sur son rapport. Ils prennent congé.

Je me penche par-dessus la rampe. La porte de l'appartement en dessous s'ouvre à leur passage. Tante Désir sort, en peignoir, jouant la petite fille effrayée.

— La police ? Que se passe-t-il ?

— Rien qui vous regarde, rentrez chez vous, maugrée le petit flic.

— Comment ? Je suis une mère de famille, s'il y a un cambriolage ou le feu, je tiens à le savoir.

— Parce que j'ai l'air d'un pompier ?

Ma tante, vexée, referme sa porte.

Désir ne me lâchera pas, elle veut me chasser et s'installer ici. Heureusement que Tifenn a tout de suite capté quand elle a reçu mon SMS : « Viens vite flics Désir ». Et heureusement que j'avais mon portable. Papa m'avait promis un smartphone pour mes seize ans, mon téléphone est un vieux tout pourri sans connexion Internet. Son iPhone est encore posé sur son bureau. Papa le surnommait *tor-penn*, casse-tête en breton, parce que la sonnerie le dérangeait. Je connais le code, c'est ma date de naissance. Je le compose, l'écran s'allume. Je tape « mineur en danger ».

À en croire le code civil, la justice intervient «si les conditions du développement physique, affectif, intellectuel et social d'un mineur non émancipé sont gravement compromises». Désir compromet gravement ma santé mentale, elle me fait flipper.

Gaston et Tifenn veillent sur moi. Ils se sont donné le mot. Ils ont peur que je déprime, je les ai entendus en parler entre les deux étages. Je suis triste, c'est normal. Je vais continuer à partir en vacances à Groix, je passerai mon brevet, puis mon bac. Ensuite je m'installerai à Groix. Peut-être que j'inventerai un truc génial, comme *peupé*. Peut-être que je baladerai les touristes autour de l'île sur le bateau de papa en haute saison, ça mettra du beurre dans les épinards comme dit ma *meumée*. Elle vit dans le nouvel Ehpad du caillou, près de Carrefour Market, là où tous les résidents sont mélangés, ceux qui savent qui ils sont et ceux qui l'ont oublié. Ma *meumée* est polie, elle n'a aucune idée de qui on est mais elle nous accueille avec un sourire magnifique. Elle croit qu'elle a seize ans et que sa mère va venir la chercher pour aller au *fest-noz* où elle dansera avec Louis, son galant qui a quatre-vingt-dix ans et bave à la table voisine, chauve, sénile, et aveugle. Elle croit que son père, Jakez, est parti en campagne de pêche et elle guette le retour de son bateau en regardant le large où il n'y a plus de thoniers. Son amie Jeanne Tonnerre a toute sa tête, un regard pétillant et un sourire malicieux, elle nous raconte des histoires géniales de leur enfance. On n'a pas dit à *meumée* que papa est mort, de toute façon elle a oublié qu'il est né.

Un jour, je lui ai montré une photo de son mariage avec *peupé*. Elle a demandé : «C'est qui le gros monsieur moche à côté de moi ?» Tante Désir ne lui rend jamais visite. Pour avoir bonne conscience, elle lui envoie des pâtes de fruits que sa mère ne peut pas manger parce qu'elle est diabétique. L'infirmière lui explique patiemment que c'est sa fille qui les expédie. *Meumée* répond poliment qu'elle est beaucoup trop jeune pour avoir des enfants. Gaston est aussi le tuteur de sa mère, puisqu'il est l'aîné. Il n'a pas fondé de famille, il vend des livres anciens à des collectionneurs, il ne va pas au bureau, il joue au poker, il ne ressemble pas à ses deux autres frères. Je n'ai pas connu mon oncle Yannig puisqu'il est mort avant ma naissance. Sur les photos, on dirait un clone de papa barbu.

— Les policiers vont revenir vérifier que tu dors là ? je demande inquiet à ma tante.

— Ils ont d'autres chats à fouetter.

— Tu savais que papa avait une blonde dans sa vie ?

Elle secoue la tête.

— Mais j'en suis heureuse pour lui. C'est bon d'avoir quelqu'un à aimer.

J'ai gaffé, elle n'a plus personne. J'essaye de me rattraper.

— Oncle Yannig est mort en héros.

— Ça lui fait une belle jambe.

Je suis scotché.

— Tu n'es pas fière de lui ? Il a sauvé des plaisanciers du naufrage !

— Ils peuvent continuer à faire du bateau, sortir en mer par mauvais temps, prendre l'apéro sur leur pont au coucher du soleil. Pour lui, la fête est finie.

Je ne voyais pas les choses comme ça. Je pensais au courage de mon oncle sauveteur, à l'estime des Groisillons pour lui.

— Il y avait quatre enfants Le Goff, ils ne sont plus que deux, soupire-t-elle. Petite, je regrettais d'être fille unique, mais je préfère avoir grandi seule qu'avec une sœur comme Désir.

— Mathilde est comme ma sœur, dis-je.

Je l'ai appelée pour lui raconter la lettre d'Inde. Je n'en ai pas parlé aux adultes, si papa ne leur a rien dit, ce n'est pas à moi de vendre la mèche.

— Je sais combien il était important pour toi qu'elle vienne le jour de l'enterrement de ton père. Tu veux que je dorme ici ?

J'hésite une seconde puis je refuse.

Seul dans l'appartement, je repense à la nuit *glaz*. La bouteille de champagne a disparu, les coupes sont rangées. Le cheval ailé est dans ma chambre. Je regarde les dernières photos sur le portable de papa. Sans surprise, je nous retrouve tous, moi et ceux de l'immeuble, sauf Désir que personne ne désire immortaliser. Je vois les arrivées et les départs à Groix sur le bateau, les hortensias, les roses trémières, l'océan, les amis de l'île, Mathilde et moi à vélo, ma *meumée* bien coiffée et souriante, aucune femme blonde inconnue. Je suis un sale espion, mais j'ai besoin de savoir.

Je fais ensuite défiler les SMS. Il y en a de son éditeur, d'auteurs, de dessinateurs, de collaborateurs. De Gaston, Désir, Tifenn, Kerstin, Noalig, Gwenou. Il y a des prénoms, et des initiales. Enfin, je trouve ce que je cherchais. *TOI.* La mystérieuse blonde est *TOI.* Ils ont échangé des centaines de SMS : « Je t'aime » et « J'arrive », « Ta sœur guette dans l'escalier » puis « La voie est libre », « Mon fils dort » suivi de « Ton fils dort ? » Je découvre qu'elle habite l'immeuble. Je ne connais pas son numéro de téléphone, ce n'est ni celui de Kerstin ni celui de Noalig. J'appuie sur le contact, ça sonne. *TOI* décroche. Silence. Je dis : « Allô ? » J'entends sa respiration. Je me lance : « Je suis Dom, le fils d'Yrieix. Vous étiez avec mon père la nuit où il est… Je veux vous rencontrer. S'il vous plaît. » Silence. Puis *TOI* raccroche. Je la rappelle. Elle ne répond pas.

J'ai envie de balancer le portable contre le mur, je me retiens. Papa n'aimait ni Facebook ni Twitter mais il postait des photos sur Instagram, surtout de Groix. Je photographie le cheval ailé, je le balance sur Instagram. Les *followers* de papa le *likent* tout de suite. En cinq minutes, vingt personnes le regardent et cinq le commentent. Est-ce que *TOI* est parmi elles ? Si je pouvais, je démonterais ma mémoire, pièce par pièce, boulon par boulon. Je démonterais mes bons souvenirs avec mes parents puis les suivants avec papa. J'ai effacé Claire, je dois gommer Yrieix pour survivre.

L'amoureuse

J'ai cru que mon cœur s'arrêtait quand Anna Netrebko s'est mise à chanter *Ebben? Ne andrò lontana*. J'ai cru une seconde que c'était toi qui m'appelais, que je me réveillais d'un horrible cauchemar. Puis j'ai entendu la voix de ton fils et la réalité m'a explosé à la figure. J'ai failli répondre à Dom, je tremblais, j'ai ouvert la bouche pour lui dire la vérité. La force m'a manqué, j'ai raccroché. J'ai appuyé sur «modifier» en face de ton nom. L'appareil m'a proposé de supprimer ton contact. J'ai supprimé tout contact avec toi. En deux ans, je n'ai confié notre amour qu'à une seule personne, ta mère, quand elle est venue à Paris consulter un neurologue. Je lui ai dit : «J'aime Yrieix.» Elle m'a souri avec son exquise politesse, je me suis sentie adoubée, comprise. Et elle a eu cette phrase incroyable : «Il a un drôle de nom ton amoureux, tu me le présenteras?»

Après l'appel de Dom, j'ai retiré la puce du téléphone que j'avais acheté pour nous deux. Je l'ai écrasée avec le pilon de mon mortier de cuisine, j'en ai fait de la poudre que j'ai dispersée dans l'air du soir. Notre amour s'est envolé sur les toits de Paris, par-dessus les immeubles et la tour Montparnasse, nos mots ont survolé la gare et les rails, le bistrot du Grek et les crêperies.

Je rembobine le film, je me repasse notre dernière nuit, je retrouve le goût du Mercier frais, le blanc de noirs avec juste du pinot noir et du pinot meunier. Le pinot d'Yvette à qui j'ai parlé d'amour le jour de ton enterrement. Je revois ton visage, je respire ta peau. Le dernier plaisir, personne ne nous l'enlèvera. Je me rappelle un film où la victime gardait sur son iris l'image de son meurtrier. Tu as mis le cap sur la haute mer avec dans les yeux notre ultime étreinte. C'est telle-ment mieux que de faire un infarctus dans un métro bondé.

Ton fils va mal, c'est bon signe. Quand la vie vous disloque, il faut tomber pour mieux se rele-ver, cabossé mais vivant. Je brûlais de lui répondre, j'ai résisté. Maintenant que j'ai balancé la puce, je n'aurai plus cette tentation. Je le regarderai une fois encore partir au collège demain matin, la tête bais-sée, les épaules affaissées sous le poids de ton départ. Sa longue silhouette se balance. Ses grands pieds dansent sur le trottoir. Son corps pleure pour lui, c'est flagrant.

Il vient de poster sur ton Instagram le petit cheval ailé que j'ai fabriqué pour toi. Tes *followers* l'appré-cient sans savoir qu'il s'est arrêté en plein galop comme dans la chanson d'Hughes Aufray qui me faisait pleurer enfant : « Il s'appelait Stewball, c'était un cheval blanc, il était mon idole, et moi j'avais dix ans. »

JOUR 16

Dom

Je ne peux plus utiliser la carte de crédit de papa puisqu'on a fermé son compte chez la banquière blonde qui ne nous aime plus. J'ai demandé à Mathilde de m'acheter un billet de train sur Internet avec la carte de sa mère, je la rembourserai sur mon héritage. Elle me l'envoie par mail, je suis prêt.

Je traverse la rue sans regarder, l'esprit ailleurs. Un énorme 4×4 pile, le conducteur klaxonne, crie, devient tout rouge et fait rugir son moteur avec arrogance. Papa n'avait rien à prouver à personne sur sa trottinette électrique. Elle est à moi maintenant, comme l'appartement, la maison, les planches originales. À mon âge d'habitude on a de l'argent de poche pour aller au ciné et acheter des glaces. Pas les Perito Moreno de la lettre d'Inde. J'ai vérifié, ce n'est pas Pépito comme les biscuits. *Perito* veut dire spécialiste en espagnol. Francisco Moreno était un explorateur. Perito Moreno n'est pas une marque, mais une montagne de glace au sud de l'Argentine. Si celui qui a écrit la lettre n'est pas fou, papa et Claire ont visité ce glacier avec lui avant la naissance de ma sœur, il y a dix-huit ans.

J'imagine plusieurs scénarios. Si leur petite fille est morte, c'est peut-être pour ça que des années plus tard Claire a fait ce *burn-out* ? En anglais *burn* veut dire brûler, *out* dehors. Elle est allée se consumer au loin, au lieu de mijoter avec nous à Paris ou à Groix.

L'autre jour, après la messe, le pompeux rocker a emmené papa avec lui au crématorium. Papa est revenu dans une urne qu'oncle Gaston a posée dans son salon. C'est aussi pour ça que je ne peux pas emménager chez lui. Je ne supporte pas l'idée d'entrer dans son appartement, je ne l'ai avoué à personne. On organisera une cérémonie à Groix pour Pâques. Tante Désir ne viendra pas, personne ne la regrettera. Jean-Pierre, l'ami de papa, nous conduira à bord du *Maï-Taï*. On sortira ma *meumée* de l'Ehpad, elle ne comprendra pas ce qu'on fait, ça lui fera une balade, elle surveillera l'horizon pour crier la première quand surgira au loin le thonier de Jakez. On versera les cendres dans l'eau, elles s'enfonceront lentement.

Ce matin j'ai préparé mon sac à dos avec un soin particulier. Oncle Gaston est à une réunion de collectionneurs. En ce moment, Kerstin fait un stage en ophtalmo pédiatrique, elle soigne des pirates, des enfants qui ont perdu un œil à cause d'une tumeur ou d'une bagarre avec des jouets pointus. Je n'aime pas quand elle parle d'eux, ça me rappelle Claire et ses jeunes patients. Les morts et les adolescents sont des gens comme les autres. Il y a des gosses méchants, l'âge n'est pas une excuse valable. Les adultes nous croient tous gentils et innocents. Ils ont oublié qu'ils étaient comme nous avant de devenir vieux.

L'amoureuse

Mon premier geste ce matin est de résilier l'abonnement de la ligne que tu étais le seul à connaître, celle qui n'existait que pour toi. De mon poste de vigie chez Gwenou, je regarde Dom ranger son bol dans l'évier avant d'empoigner son sac à dos. Je le perds de vue dans la cage d'escalier, le retrouve dans la cour puis dans la rue. Je laisse de la monnaie sur la table pour régler mon petit déjeuner.

Ton fils avance plus vite que d'habitude. Il traverse hors des clous sans regarder l'imposant 4 × 4 qui arrive à vive allure. Le conducteur pile, l'engueule, il s'en fiche. Il est maintenant devant le collège. Je ralentis pour ne pas être repérée s'il se retourne. Il ne devinerait pas que je suis la blonde de son père, ce n'est pas écrit sur ma figure, mais il saurait que je l'ai suivi.

Il dépasse le collège. Il continue vers le bout de la rue et accélère. Ses épaules se redressent. Son corps se libère. Son gros sac danse la samba. Je le vois de dos mais je devine qu'il sourit. Il traverse la place. Il arrive sur l'esplanade de la gare Montparnasse, à l'ombre de la tour géante. J'ai été bien inspirée de le suivre. Je fais quoi, maintenant, Yrieix ?

J'entre dans la gare derrière lui. Des gens font cercle autour d'un jeune aux cheveux bouclés, assis au piano mis à la disposition du public. Il joue une *Gymnopédie* de Satie. Le morceau fini, le public applaudit. Ton fils s'approche du pianiste, lui parle. Le bouclé acquiesce, ses mains courent sur le clavier. Je reconnais la chanson de Gilles Servat. La gare Montparnasse est le point de ralliement pour la Bretagne, plusieurs voyageurs chantent les paroles avec Dom : « Par chance et aussi par vouloir, je dors en Bretagne ce soir. »

Le panneau d'affichage annonce le quai du train pour Lorient. Dom s'y dirige. Il monte dans un wagon. Il a dû prendre son billet sur Internet. Je reste sur le quai jusqu'à la dernière minute, je tente d'acheter le mien sur mon portable mais mes doigts dérapent, je m'énerve, tu serais mort de rire si tu n'étais pas mort d'amour. Quand le train s'ébranle, je saute dedans, j'achèterai mon billet au contrôleur en réglant le surplus. Je m'installe à deux wagons de ton fils, j'appuie ma tête contre la vitre. Je sors mes écouteurs, je mets *Alfonsina y el mar*, chanté par Maurane, un de tes airs à écouter absolument. Le train file vers la Bretagne.

Dom

Heureusement que je suis côté couloir, comme ça je peux allonger mes jambes. J'ai trouvé un moyen imparable d'échapper à tante Désir. Dans mon île, je suis invulnérable. Je me fous du collège, avec le contrôle continu je sais déjà que je passe en seconde générale. Gaston trouvera les mots pour calmer le directeur. Tifenn sera peut-être déçue, ce ne sera pas la première fois. Désir grognera quelque chose du genre : « Je vous avais prévenus, ce gosse a un mauvais fond. » La première fois que j'ai vu *Les 101 Dalmatiens* au cinéma, j'ai dit que Cruella d'Enfer lui ressemblait, papa a ri. Il n'aurait pas dû. J'avais raison.

Le train arrive bientôt à Lorient. C'est l'heure du déjeuner. J'ai faim mais je ne peux rien acheter, je n'ai pas d'argent. Je ferme les yeux en imaginant une crêpe œuf miroir andouille, avec le jaune doré et les tranches d'andouille poivrées. Mes voisins reviennent du wagon-bar avec des sandwichs que je dévore des yeux. Le monsieur à côté lit dans *Ouest-France* un article qui parle du chanteur préféré de Claire. J'avais supplié papa de m'emmener à un concert de Charles Aznavour après son départ, j'étais certain qu'elle reviendrait pour l'occasion. Alors quand tout le monde regardait la scène où il chantait *You are the one, for me, formi, formidable*, j'étais le seul à observer le public.

Quelques jours avant la nuit *glaz*, Mathilde nous a inscrits comme bénévoles pour le prochain Fifig, le Festival du film insulaire, fin août. On va éplucher des montagnes de pommes de terre, servir du thon grillé et des saucisses, voir plein de films. J'essaye de me persuader que je viens de manger une platée de saucisses. Mon estomac ne me croit pas et gargouille.

Je descends du train parmi les premiers. Je suis trop impatient pour attendre le bus, je pars à pied vers la gare maritime. J'ai une carte d'abonnement annuelle pour le bateau, la dame au guichet me tend mon billet aller, je ne prends pas de retour. On m'interpelle, on aimait papa, mais les gens n'en font pas des caisses, les îliens savent rester discrets devant la mort.

— Mon *pôv*.

— On a pensé à toi, *Co*.

— *Dam*, maintenant les deux frères sont partis, oh *toui*, c'est triste…

Les Groisillons surnomment leurs proches ainsi, *Co* pour compagnon, camarade, copain. *Toui*, nom de *toui*, c'est un mot fourre-tout qui vient du cœur. Le bateau part dans une heure. Je n'ai pas de plan, je voulais seulement fuir Désir. Je pars boire de l'eau aux toilettes, c'est gratuit. Je regarde les sandwichs et les gâteaux derrière la vitrine du Vapeur, le bar boissons et restauration rapide. Quand je reviens, une part de far attend son propriétaire en terrasse. Sans doute celle du monsieur croisé aux toilettes qui disait à son fils : « Les Bretons sont des assistés, leurs autoroutes sont gratuites grâce à un traité datant d'Anne de Bretagne. » Ce qui est stupide et en plus faux : on a des voies rapides mais une seule autoroute sans itinéraire parallèle, c'est pour ça qu'on n'a pas de péage. « Toujours les mêmes qui se sucrent sur le dos des autres, les Bretons, les Corses, les Arabes, les francs-maçons et les réfugiés ! » a continué le super crétin.

Son far est si appétissant. Personne ne me regarde. Je ne résiste plus et l'engloutis. Atterré, je contemple l'assiette vide devant moi. Je m'assieds plus loin, près de Groisillonnes qui boivent un café en bavardant.

— Commence pas, râle pas, un peu de *suc* ?

— Oh, ma foi, oui, *Co*. On mangera chez moi, après ? Regarde cette petite fille, comme elle est *cocotte* !

Le monsieur sort avec son fils, voit l'assiette vide et la fourre sous le nez de la fille derrière le bar.

— Vous vous foutez de moi ? Il est où, mon far ?

— Vous êtes parti avec.

— Je l'ai laissé le temps d'aller pisser, et quand je reviens, plus rien.

— Encore un coup des korrigans, soupire-t-elle.

— J'en veux un autre.

124

— Avec plaisir, si vous me l'achetez.

— Pas question ! J'ai payé, vous le remplacez.

— Vous n'aviez qu'à le déguster tout de suite.

— Qu'est-ce que je te disais fiston, les Bretons sont des voleurs !

Je fais un pas pour me dénoncer mais deux Groisillons sont déjà intervenus.

— Répétez ça.

— Ma part de far a disparu.

— Vous avez dit que les Bretons sont… quoi ?

Loïc l'ancien boucher et Jo l'antiquaire le toisent.

— Mes mots ont dépassé ma pensée. Un salopard s'est servi dans mon assiette. Sûrement un paumé qui passait par là, bredouille-t-il.

Loïc, grand seigneur, pose un billet sur le bar.

— Du far pour ce monsieur mal embouché qui parle très mal et trop vite, s'il te plaît.

Le monsieur attrape l'assiette et s'en va en grommelant. Loïc est un ami de papa, je m'approche.

— Je crevais de faim, son assiette était là, j'ai craqué.

— Je sais, je t'ai vu. Tu en veux un autre, *Co* ?

Le second est encore meilleur. J'envoie un SMS à Mathilde pour lui dire que je prends le prochain bateau. Puis je rassemble mon courage et j'appelle mon oncle.

— C'est Dom. Écoute, je ne suis pas allé au collège. Je suis à l'abri, là où tante Désir ne viendra pas me chercher.

— Tu fais l'école buissonnière ? Je t'ai dit que je m'occupais d'elle.

— Elle est dingue. Et c'est quoi cette histoire de cadavre dans son placard ? Elle a tué quelqu'un ?

— Mais non enfin ! Je viens te chercher. Tu es où ?

— À Lorient, je vais traverser.

— … Je vois. Tu as encore combien de semaines de collège avant les vacances ?

— Deux.

— Je suis déçu Dom. Je croyais que tu avais confiance en moi ?

— Oui, mais pas en ta sœur.

Il soupire.

— Je vais appeler la mère de Mathilde pour la prévenir et lui demander de veiller sur toi. Je sais qu'elle le fera de toute façon. Je parlerai à ton directeur. Il comprendra que tu as besoin de souffler. Mais tu rattraperas ce que tu auras manqué à ton retour. Qui voit Groix voit sa joie, Dom. Toutes les joies n'ont pas disparu avec ton père. La musique demeure, quelles que soient nos peines. L'océan. Les amis fidèles. Les livres anciens. Le poker.

Mon oncle préfère les livres et les cartes aux femmes en chair et en os. Ses amours s'appellent Judith la reine de cœur, Rachel la dame de carreau, Pallas la dame de pique et Argine la dame de trèfle.

Je suis rassuré de ne pas être obligé de rentrer à Paris. Un père à côté de moi tient son fils par la main, sa femme porte un bébé contre son ventre, ils

126

se ressemblent, ils vont passer une chouette journée à Groix, louer des vélos, pique-niquer sur la plage, admirer le thon qui trône en haut du clocher de l'église du bourg et reprendre le bateau ce soir. Le père a une vareuse de touriste, trop neuve et bien rose. Quand le pompeux a demandé des vêtements pour habiller papa dans son Tuileries, vu qu'il était tout nu avec la femme blonde, j'ai proposé son caban mais la famille a choisi une tenue plus classique. J'aurais aimé garder ses vêtements, ils ont pensé que ça serait mauvais pour mon moral. Désir voulait récupérer les beaux cachemires pour le pauvre Georges, Gaston a refusé.

— Je ne veux pas croiser ton mari dans l'escalier avec les habits de mon frère. On ne peut pas infliger ça à Dom.

Elle m'a fixé comme si j'étais un moustique et elle une bombe d'insecticide.

— Je connais une association d'aide aux réfugiés qui récolte des vêtements, a dit Tifenn.

— Ne te mêle pas de ça, a attaqué Désir. Yrieix était mon frère, pas le tien.

— Je suis la femme de ton autre frère, a rétorqué Tifenn.

Oncle Gaston a tranché.

— En tant que tuteur de Dom, c'est moi qui décide. Appelle ton association, Tifenn, si bien sûr ça te va, mon ami ?

J'ai hoché la tête. Gaston m'a proposé de garder quelques affaires en souvenir. J'ai choisi le sweat-shirt

Corto Maltese et la belle paire de chaussures anglaises – on fait la même pointure – même si je ne vais pas les porter tout de suite, les copains se moqueraient de moi. Quand je suis revenu du collège, le soir, les placards de papa étaient vides, il restait seulement l'odeur de son eau de toilette, ses chaussures anglaises et Corto.

La nuit suivante, j'ai rêvé que papa était à l'hôpital, il n'était pas mort, il voulait rentrer chez nous. Je me suis préparé à une gigantesque engueulade quand il saurait qu'on avait donné ses affaires, fermé son compte en banque et son coffre, et que j'avais pris sa montre de marine et son portable. J'allais tout lui avouer quand je me suis réveillé. C'est là que j'ai décidé de partir à Groix.

— Tu ne prends pas le bateau ? s'étonne le marin de la Compagnie Océane.

Je sursaute. Les voitures ont disparu dans le *Breizh Nevez*, les passagers ont tous embarqué.

— Si, si, j'y vais !

Je lui tends mon billet et je cours le long du quai. Je suis le dernier à monter. Je grimpe jusqu'au pont supérieur. Papa ne reviendra pas et ne me grondera pas. J'ai déjà traversé plein de fois vers l'île sans lui, mais aujourd'hui je ne l'appellerai pas pour le prévenir que je suis bien arrivé.

L'amoureuse

Le *Breizh Nevez*, qui veut dire nouvelle Bretagne, s'éloigne du quai puis trace vers la sortie du port. Il ressemble à un fer à repasser. Je le regarde naviguer, installée devant ma bière fraîche à la terrasse du Vapeur. Je lève mon bock à la traversée, *yehed mad*. Il fallait que je sache où ton fils allait. Il aurait pu embarquer bille en tête sur un cargo et j'aurais failli à ma mission. Je peux regagner Paris tranquille, il ne lui arrivera rien sur l'île. Les Groisillons prennent soin les uns des autres.

Qui prend soin de toi, maintenant? Quelle ange-lotte inconnue te fait rire et rêver? Je traîne mon corps derrière moi, carapace inutile. Nous avions un accord: aucune ingérence du passé dans le présent. Je ne parlais pas de mon ex, tu ne parlais pas de Claire, on ne mélangeait ni nos ennuis ni nos emmerdements, on s'étreignait sans retenue et sans bagage. L'an dernier, tu avais eu un mini-infarctus de stress qui d'après ton cardiologue régresserait sans séquelles. Ta maladie portait un joli nom, *Tako-Tsubo*, on l'appelle au Japon le syndrome des cœurs brisés, elle provoque une sidération de la pointe du muscle qui oublie de se contracter. Cette année, c'est ton cœur tout entier qui a oublié de battre. Et c'est moi qui suis sidérée. Je ne peux pas me faire hara-kiri, je dois m'occuper de ton fils. Dom a eu raison de filer à Groix, il aura l'océan et son amie comme échafaudages, il sera à l'abri. Pendant ce temps, je vais souffler.

Dom

Je débarque sur le caillou et passe devant Les Garçons du port, le restaurant en bas de la montée, juste en face du Ty Mad. J'aperçois Jo Le Port, l'ami de papa. Je connais les horaires de ma *meumée*, elle déjeune à midi, fait la sieste, soupe à dix-huit heures. Je vais passer la saluer avant de rejoindre Mathilde. La côte est raide vers le bourg, je fais du stop et Jacqueline, la maman de Gwenola de Bleu Thé, s'arrête. Elle m'a vu naître, son sourire me réchauffe mieux que des condoléances.

On rentre librement à l'Ehpad. Ma *meumée* est dans la salle commune avec son amie Jeanne, je m'assieds à côté d'elle.

— Je suis Dom, le fils d'Yrieix, ton petit-fils.

— Je suis Marie, la fille de Jakez, dit-elle avec un sourire éclatant. Maman va venir me chercher. Tu viens au *fest-noz* toi aussi ?

Pas de fossé des générations ici, elle croit qu'on a le même âge.

— Je ne sais pas danser.

— Tu dois apprendre ! J'ai promis la première danse à Louis. Il faut te trouver une cavalière.

Elle fronce les sourcils.

— Tu es le fils de qui ?

— Yrieix, dis-je, espérant qu'aujourd'hui elle se rappellera papa.

— Il y a une femme qui l'aime, fait-elle, mutine. C'est un secret. Elle me l'a confié parce que je suis une tombe.

Elle n'a pas vu Claire depuis cinq ans, je suis surpris qu'elle s'en souvienne.

— Oui, Claire. Claire Bihan.

Ma *meumée* secoue la tête farouchement.

— Non non pas Claire. Elle est partie. L'autre, après, elle s'appelle... je l'ai sur le bout de la langue, attends...

Je m'avance au bord de mon fauteuil, plein d'espoir. Mais la lueur dans ses yeux s'éteint. Elle s'agite sur son fauteuil roulant, jette un regard de côté à Louis, chante le début de *Tri martolod*, puis se tourne vers moi.

— Je m'appelle Marie, je suis la fille de Jakez, la campagne de pêche va se terminer, les hommes vont rentrer.

— Je suis Dom, le fils d'Yrieix, ton petit-fils.

— Ton papa a un drôle de nom. Tu habites ici ? Tu dînes avec moi ?

Non, *meumée*. J'habite chez ton fils et ta fille veut me virer.

À mon arrivée, la maman de Mathilde a déjà ouvert les volets et l'eau, branché l'électricité, mis du lait et du beurre salé dans le frigo. Elle a posé des fruits, du pain, des céréales et du chocolat sur la table de la cuisine.

— Tu prendras tes repas avec nous.

J'acquiesce, reconnaissant.

— Tu ne préfères pas dormir à la maison ?

Je secoue la tête.

— Mathilde est à la fanfare, elle revient dans une demi-heure.

Mathilde joue de la clarinette dans la fanfare des Chats-Thons avec son amie Pomme qui joue du saxophone. Je n'ai pas pu m'y inscrire parce que je vis à Paris, j'aurais choisi la trompette. Je marche à travers la maison où mes pas résonnent différemment. Le vieux blouson d'aviateur de papa pend dans l'entrée, ses boots pleines de boue attendent encore près de la porte, il est partout. Les derniers journaux qu'il a lus finiront dans la cheminée. Des DVD traînent sur la table, papa était un dinosaure, il achetait des films au lieu de les télécharger. On a fêté Noël ici, il y a encore une guirlande accrochée à la fenêtre. Le 30 décembre on a participé au dernier bain de l'année sur la plage du VVF et on a bu le vin chaud du 50. Je suis resté dans l'eau plus longtemps que lui exprès, même si je grelottais. Ça fait drôle de se dire qu'un jour peut-être je serai plus vieux que lui.

C'est dur d'être là, sans la musique dans son bureau, sans la vaisselle sale dans la cuisine, sans les amis qui viennent dîner. Je n'aurais pas dû revenir seul. Ma poche sonne, je reçois un SMS, c'est un miracle parce qu'il n'y a jamais de réseau dans le village. C'est Tifenn qui m'écrit : «Gaston m'a dit. Bienvenue à Groix, Dom. Tu veux que je vienne ? » Je respire mieux ici qu'à Paris, même si papa est parti dans le *suet*. Je réponds : «Tout va bien.»

Ma chambre n'a pas changé : je retrouve mon lit, la couette chaude de Noël, la BD que je lisais sur la table de nuit. L'ampoule du bureau de papa a grillé. Si c'est sa façon de me montrer qu'il n'est pas content que je rate le collège, il n'a qu'à revenir me le dire. Mes parents ne se sont ni mariés ni pacsés. «Ils n'ont pas convolé en justes noces», a grommelé Désir. Les injustes noces de mes parents étaient juste amoureuses.

Mathilde, elle, ne connaît pas son papa. Ses parents se sont aimés, elle est arrivée, c'était le plus beau jour de la vie de sa maman, lui n'était pas prêt. Moi ça a commencé plus classique, puis ça a dérapé. Le départ de Claire m'a cloué au sol. J'étais à la fois trop bien portant et pas assez rapide. L'année suivante, je me suis inscrit au club d'athlétisme, section course à pied. J'y suis resté trois mois. J'arrivais toujours le dernier, les autres se foutaient de moi alors qu'aux jeux vidéo je suis imbattable. Le coach m'a convoqué dans son bureau, il m'a demandé pourquoi je n'essayais pas une autre discipline plutôt que de m'acharner. Je n'ai pas dit que Claire était partie faire galoper d'autres enfants.

Je m'assieds au bureau de papa, je fais pivoter sa chaise qui grince à cause de l'humidité. J'ouvre le tiroir de droite. Des stylo-billes, des crayons, des timbres, des trombones, du papier à lettres, des enveloppes, une de mes vieilles photos de classe. Dans le tiroir du milieu, des factures diverses, des garanties d'appareils électroménagers, et, tout au fond, un paquet de lettres.

Je reconnais cette écriture... Il s'est passé un truc bizarre après le départ de Claire. J'ai changé d'écriture, maintenant j'ai la même qu'elle. J'ai pas fait exprès, les lettres se formaient toutes seules. Ma maîtresse a prévenu papa, j'ai vu la psychologue de l'école. Ils ont même montré l'écriture de Claire et la mienne à un graphologue, il n'a vu aucune différence. Ça a passionné tout le monde un moment. Puis les adultes sont passés à autre chose.

Des enveloppes avec l'adresse de papa tapée à la machine sont empilées sous les lettres. Elles viennent du Chili. Je pense à la lettre d'Inde, mon cœur danse le tango, ma vue se brouille, j'ai peur de mourir, là, d'un coup, tout seul, sans blonde, sans champagne et sans cheval ailé. Mathilde entre et me sauve pour la deuxième fois en quinze jours, elle me secoue et ça me remet les yeux en face des trous :

— Hého ! Y a quelqu'un ? Tu ressembles à un zombie !

— J'ai trouvé des lettres de Claire dans le bureau de papa.

— Et alors, ça n'a rien d'extraordinaire?

— Des lettres qu'il a reçues après son départ. Alors qu'il me disait qu'il n'avait aucune nouvelle d'elle !

— OK, là c'est bizarre, confirme-t-elle.

On quitte le bureau et on monte se réfugier dans ma chambre. Les lettres sont classées par ordre chronologique. Claire est partie en septembre, deux semaines après la rentrée scolaire. Papa a reçu la première un mois plus tard, puis la deuxième juste avant notre premier Noël sans elle.

Mon amour insulaire,

Je ne pouvais pas faire autrement. J'ai voulu te parler en rentrant de l'hôpital, je n'ai pas réussi. La veille de mon départ, j'ai opéré un petit garçon qui ressemblait au nôtre, même âge, même bouille, mêmes taches de rousseur. Un gamin autiste avec des parents dépassés, aimants, éperdus. Tom habitait près d'un passage à niveau dans les Yvelines. Il s'est assis calmement sur les rails du train, Yrieix, tu imagines ? Il a regardé le train foncer sur lui et lui arracher les jambes. J'ai passé des heures au bloc, je me suis battue comme une lionne. J'ai perdu, Tom a gagné, il est mort. Je n'ai pas supporté mon échec. Tu ne m'as jamais demandé pourquoi je suis devenue chirurgien. Tu croyais que c'était pour sauver les patients. Je suis moins altruiste que tu ne le penses. C'est pour me sauver moi, pour combattre le sentiment d'im-

puissance que j'ai éprouvé quand mon grand-père Jean-Domnin est décédé. Mes parents, tu le sais, tenaient un café-restaurant, ils travaillaient quand je rentrais de l'école, j'ai été élevée par mes grands-parents, on habitait dans les terres, loin des touristes agglutinés en bord de mer. Un soir mon grand-père est tombé de vélo en rentrant de la boulangerie, il s'est cassé le fémur, pas au niveau du col, une sale fracture ouverte de la diaphyse fémorale, au milieu de la cuisse. Comme il ne revenait pas, ma grand-mère m'a envoyée à sa rencontre. Je l'ai trouvé par terre, livide, incapable de se relever, ses os brisés dépassaient de sa peau. J'ai paniqué. Il était sur un chemin non carrossable et peu passant. J'ai couru chercher du secours mais je me suis trompée de route, j'ai débouché dans la campagne, si affolée que je me suis perdue. Alors je me suis roulée en boule contre un arbre et j'ai pleuré toutes les larmes de mon corps. Une voiture a fini par s'arrêter, et le conducteur a appelé les secours. Mon grand-père est mort le lendemain, d'une embolie graisseuse. Il n'a dit à personne que je l'avais laissé tomber.

Je l'ai tué. Personne n'a jamais su la vérité. Tu es le premier à qui je l'avoue. Je suis devenue médecin, puis chirurgien, j'ai opté pour la pédiatrie et sauvé des centaines d'enfants. Je n'aurais pas supporté de soigner des grands-pères. Je n'ai jamais oublié le regard confiant du mien, par terre, exsangue, me rassurant d'une voix faible : « N'aie pas peur, petite, on va me réparer, cours vite chercher du secours. » Tu te rappelles quand on a vu Le Patient anglais *au cinéma et que je suis tombée dans* les pommes ? Tu as cru que c'était l'hypoglycémie alors qu'à l'écran c'était mon histoire que je revivais. Tu t'en souviens ? Ralph Fiennes a un accident d'avion avec Kristin Scott Thomas, elle est blessée, il part chercher du secours mais on le fait prisonnier. Quand enfin il la rejoint, elle est morte en l'attendant.

Je suis une adulte, solide, aguerrie, amoureuse, maman du plus délicieux petit garçon de la terre. La mort de Tom a réveillé mes vieux démons. Rester avec vous, si confiants, si insouciants, si tendres, m'était insupportable. Tom hante mes cauchemars, il s'assied chaque nuit sur ces conneries de rail, regarde foncer cette saloperie de train, voit avec indifférence ses jambes se déchiqueter, voler en morceaux, en bouillie d'os et de chair et de sang, les esquilles acérées planent autour de lui comme de monstrueux papillons. Et tout à coup ce n'est plus Tom mais mon grand-père, il m'appelle au secours, il me supplie, je me recroqueville contre mon arbre. Chaque matin, je me réveille crucifiée, les joues baignées de larmes de honte.

Je vous ai quittés parce que je n'étais plus capable de m'occuper de Dom, j'ai perdu le droit au bonheur. Il faut que je le regagne. J'aurais dû arracher Tom aux griffes de la camarde, l'amputer sans me poser de questions, on lui aurait posé des prothèses adaptées, les enfants sont incroyablement résilients. Au lieu de ça je me suis bête-ment obstinée à sauver une de ses jambes malgré l'anesthésiste et l'interne qui tentaient de me convaincre. Son cœur a lâché. J'ai sauvé tellement d'enfants, Yrieix, mais j'ai tué mon grand-père et Tom.

Il faut que j'expie, mon amour. Que je puisse à nouveau me regarder dans la glace. Je suis partie très loin pour mieux vous retrouver ensuite. Je me suis exilée au bout du bout du monde pour ne pas vous faire de mal, parce que je porte malheur.

J'ai pris l'avion pour Santiago du Chili, puis je suis descendue à l'extrême sud, en Patagonie australe, à Punta Arenas. Au bord du détroit de Magellan qui relie les océans Atlantique et Pacifique. Au-delà, il n'y a que des glaciers, de l'eau, et des manchots que les touristes prennent pour des pingouins.

J'ai fui pour mériter de vous revoir un jour. Je m'y emploie. Je travaille, je dors, je rêve de Tom et de mon grand-père, je travaille, je dors, je cauchemarde, c'est une spirale infernale. Je préfère soigner des gens ici plutôt que me retrouver interdite de bloc opératoire et enfermée dans une clinique psychiatrique à Paris. Un copain de la fac de médecine de Rennes s'est installé ici, juste un bon pote, heureux en ménage, il gère les urgences sur les bateaux de croisière qui vont de Punta Arenas à Ushuaia en Argentine. Je le seconde, je vis à cheval sur les deux pays, j'ai une chambre dans chaque ville, un pied dans chaque port, aucun marin nulle part. En dehors de mes gardes, je fais des permanences bénévoles dans un dispensaire. Sur les bateaux, je fais de la bobologie, je suture des plaies, je remets une épaule luxée, je plâtre une main ou un pied. Les clients des croisières ne sont pas jeunes, ces voyages coûteux attirent surtout les seniors. Il y a peu d'enfants, heureusement, j'ai du mal à supporter quand ils ont l'âge de Dom. Il me manque hor-

riblement. Tu trouveras les mots pour lui parler, mon
amour insulaire. Je t'interdis de lui montrer cette lettre.
Promets-moi. Je refuse qu'il doute de moi. Dis à mon
petit garçon que la pression de mon métier a été trop
forte, que j'ai besoin de me reposer, que je vous aime
aussi fort que les tempêtes au cap Horn. Il me pardon-
nera une faiblesse, il ne pardonnerait pas la vérité. Je suis
une criminelle. Prends soin de vous deux. En hiver, il y a
un décalage horaire de quatre heures entre le Chili et la
France. Ne cherche pas à me joindre. Laisse-moi panser
mes blessures. Attendez-moi. Je t'écrirai régulièrement.
Vous êtes ce que j'ai de plus précieux.
C.

Je repose les feuilles.

— Je savais qu'elle n'était pas partie à cause de toi, dit doucement Mathilde.

— Elle n'a pas tué son grand-père, il est tombé de vélo, c'était un accident !

— Si elle avait prévenu les secours tout de suite, il ne serait pas mort.

— Si mon oncle Yannig n'avait pas sauvé les voileux, il serait vivant. Si papa n'avait pas été avec cette femme, son cœur aurait tenu bon.

— Tu n'en sais rien, répond ma meilleure amie. Il serait peut-être mort, tout seul, pendant que tu jouais sur ton ordi, et tu te serais senti responsable. Alors que là, le Samu est venu grâce à cette inconnue, et ils ont essayé de le réanimer. Allez, regonfle ton vélo et prends ton maillot de bain.

Elle sort. Son rire inimitable explose dehors. Je la rejoins.

— Qu'est-ce qui est si drôle ?

Un panier d'osier couvert d'un torchon blanc à rayures rouges est posé devant la maison. Martine, l'amie d'enfance de papa, a vu les volets ouverts et elle me présente ses condoléances à sa façon. Elle m'a préparé son *magical cake*, saupoudré de cacao. Les mystères, ça creuse, je meurs de faim. Il faut que je trouve pourquoi mes parents m'ont menti. L'homme qui m'a écrit d'Inde les a connus en Argentine. Claire vit en Patagonie mais elle ne mentionne pas ma sœur. La vérité est forcément là-bas.

L'amoureuse

Ton fils est sur l'île, à l'abri. C'est sa drogue, son alcool, son port. Il rate les cours mais il vient de subir un choc et il n'a que quinze ans, ce n'est pas l'année du bac. Je continue de prendre mon petit déjeuner chez le Grek en fixant les fenêtres de ton appartement. Je prie pour apercevoir encore ta longue silhouette devant la machine à café, je t'enverrais un SMS : « Un *ristretto* pour moi. » Ça te faisait rire de me savoir en face.

Ton frère traverse la rue et commande un capuccino au comptoir. Il ne me voit pas, je suis cachée par une colonne. Il raconte à Gwenou :

— J'ai reçu un questionnaire de satisfaction des pompes funèbres. Ils demandent si on est contents de leurs prestations, c'est surréaliste, on doit tout noter, accueil, toilette, cercueil, organisation, maître de cérémonie, porteurs. Ils font quoi si on est déçus, un geste commercial ? Ils nous offrent un enterrement gratuit à utiliser dans les six mois qui viennent ?

— C'était une belle messe, affirme Gwenou avec le

respect ancestral des Bretons pour les funérailles. La maison t'offre ton capuccino.

— Attends, j'ai gardé le meilleur pour la fin : « Recommanderiez-vous nos services à vos proches ? »

— Tu es sérieux ?

— Affirmatif ! J'ai coché toutes les cases « excellent » et j'ai répondu à la dernière question : « Je recommande à mes proches de ne pas mourir avant moi. »

Je souris. J'espère qu'en arrivant là où tu es, Yvette Meunier t'a répété toutes les jolies paroles que je lui ai dites pour toi. Et qu'un monsieur Meunier l'a accueillie avec des fleurs et des chocolats dans une boîte en forme de cœur. Ça va lui flanquer un coup de vieux de voir débouler une centenaire avec un dentier et des rides.

Tu aimes les femmes, Yrieix, tu vas craquer sur une jeune défunte sexy qui te fera du gringue. Ne reste pas seul, c'est pire que de mourir. Sens-toi libre, jouis de la mort comme on jouissait de la vie ensemble. Surtout s'ils ont du bon champagne là-haut. Tu as retrouvé les auteurs que tu aimais, tes copains de *Charlie Hebdo*, et les autres, Goscinny, Pratt, Morris, Gotlib, Franquin, Mœbius, Hergé, Roba, Peyo, Greg, Taniguchi ? Les éditeurs célestes vont se battre pour te proposer des contrats. Est-ce que les anges préfèrent les albums de poche parce que c'est moins lourd pour voler ?

Tu es allé prendre un ris au paradis. Tu as une gueule de cinéma sur la photo de ton livret de messe. Les habitués de Gwenou commentent les nouvelles du matin. Il n'y a aucun marin d'eau douce ici, que des marins d'alcool fort, crochés au comptoir. Gaston termine son capuccino et s'en va. Gwenou me rejoint.

— Il paraît que le gamin s'est tiré sans prévenir personne. Il est mieux à Groix qu'ici, je l'envie.

— Qu'est-ce que tu fais là, Gwenou ? Toi aussi, tu serais mieux en Bretagne.

Il bombe le torse, frappe sa poitrine de son poing qui a la taille d'un gant de boxe.

— Mon cœur est Breizh, j'emporte le *gwenn ha du* et nos cinq départements partout où je vais. Mais les Bretons de Paris ont besoin de moi, je suis un marin en campagne de pêche, un ambassadeur nécessaire, un exilé pour la bonne cause.

— V'la le docteur Philibert, l'interrompt quelqu'un.

Une voiture blanche avec les lettres SOS Médecins s'arrête sur le trottoir, sirène hurlante, gyrophare tournant. Son conducteur entre dans le bar.

— J'ai battu mon record hier, j'ai soigné huit Bretons ! dit-il, tout faraud.

Gwenou pose devant lui un café préparé avec amour.

— C'est bien, fils. Tu ne les as pas fait payer j'espère ?

Philibert rit.

— Ça ne marche pas comme ça, papa. On n'offre pas une visite d'urgence comme un café ou un verre de vin. Les patients, même les Bretons, sont remboursés par la Sécurité sociale. J'adore quand leurs visages

144

s'éclairent en voyant mon nom sur l'ordonnance. On vient de terres différentes, Morbihan, Finistère, Côtes-d'Armor, Loire-Atlantique ou Ille-et-Vilaine, mais on sort de la même matrice.

Le fils de Gwenou a préféré s'installer dans la capitale, plutôt qu'à Groix où les généralistes ont pris leur retraite. Des remplaçants viennent du continent travailler à la maison médicale de l'île, ils changent souvent, ce n'est plus pareil. Tu ne comprenais pas que les jeunes diplômés ne sautent pas sur l'occasion. Pourtant toi aussi tu bossais loin de l'océan. Quand tu as rencontré Claire, tu projetais de revenir à Groix et de faire du télétravail. Mais elle rêvait d'opérer à l'hôpital Necker-Enfants malades, alors tu as changé tes plans, par amour.

Gwenou montre à son fils l'ardoise où le plat du jour est inscrit à la craie.

— Cotriade, je ne te dis que ça ! Je t'en garde une belle assiettée.

Les yeux de Philibert brillent. Je n'en suis pas folle, toi tu l'adorais. On n'avait pas les mêmes goûts. Hier soir j'ai commencé un livre qui t'avait emballé ; je le trouve franchement barbant. Je cherche dans ses pages ce qui a pu te plaire. L'héroïne blonde ? Un peu léger comme argument. Les descriptions culinaires ? Cette bêtate passe son temps au restaurant alors que ton départ m'a coupé l'appétit.

Dom

Mon vélo ne brille pas par son courage. Chaque fois que je reviens dans l'île, il est dégonflé.

— Tu y es ? demande Mathilde.

On pédale vers la baie des Curés. Pas une plage privée entourée de barrières ou de cordes avec des parasols, des matelas, des cabines de bain, des toilettes, une douche et un bar. Sur la nôtre, il n'y a que des rochers, du sable, et l'océan.

Le sentier pour y descendre est escarpé, pas fait pour les familles, les petits enfants ou les personnes âgées. Autrefois les prêtres s'y baignaient discrètement ; à l'autre bout de l'île il y avait la côte des Sœurs.

Cacao nous rejoint au bout de cinq minutes, on lui a donné ce surnom parce qu'il est marron. On ne sait pas qui sont ses maîtres. Il se roule sur le dos, il s'ébroue en nous balançant du sable, il a des coquillages et des algues accrochés dans ses poils, son museau est plus blanc qu'à Noël. On grandit, il vieillit. Chaque fois, j'ai peur de ne plus le revoir. Il ne vient pas quand Mathilde se baigne seule. C'est la première fois que je suis là en dehors des vacances, qui l'a prévenu ?

— Arrête, Cacao, ma serviette est pleine de sable ! se plaint Mathilde.

On se déshabille, on court vers l'eau. J'ai laissé ma montre à la maison, pas besoin de la consulter pour savoir l'heure de la marée haute. On connaît les passes entre les rochers, on s'éclabousse en criant.

— Aïe !

Mathilde a glissé, elle s'est blessée. On revient vers la plage. Cacao lèche son genou. Je pense à Jean-Domnin, le grand-père de Claire, avec ses os sortant de sa blessure, je l'imagine elle pelotonnée sous son arbre. Et je me mets à pleurer pour la première fois depuis la nuit *glaz*. Mathilde fait semblant de ne rien remarquer. Cacao se couche près de nous et trempe ma serviette. Pas besoin de fuir vers mon lieu de sécurité, j'y suis. J'attends que mon réservoir à larmes se vide. Je me rappelle ma première consultation chez le docteur Clapot.

Elle portait des habits colorés et originaux, pas un costume de Parisienne ni une blouse blanche, et elle avait l'air d'une maman. Il y avait deux tableaux encadrés sur les murs de son cabinet, un paysage japonais à gauche, un papillon multicolore à droite. Elle m'a proposé de regarder celui que je préférais et de choisir une couleur dedans. J'étais assis dans un fauteuil à côté d'elle, sa voix était apaisante. J'ai choisi le papillon et le bleu. Je me suis concentré dessus, elle continuait à me parler, ma vue s'est troublée, l'image du tableau s'est brouillée, le bleu flottait, et soudain la couleur m'a aspiré. Mais je sentais encore le contact de mes pieds sur le sol et de mes bras sur l'accoudoir du fauteuil. Il s'est passé un truc incroyable, ma respiration a changé, je respirais à fond, lentement. Je ne dormais pas comme on voit des hypnotiseurs endormir des gens à la télé. J'étais réveillé, j'entendais le téléphone qui sonnait sur le bureau. Le docteur Clapot m'a demandé d'imaginer l'endroit où je serais le plus protégé au monde. J'étais toujours perdu dans le bleu du tableau. Et puis, tout à coup, la couleur a disparu et je me suis retrouvé à la baie des Curés avec Mathilde et Cacao. J'étais à l'abri dans un château fort imprenable. J'étais libre et léger.

Mathilde soulève le torchon posé sur le panier de Martine.

— Tu n'as pas oublié Cacao ? dis-je.

Le chocolat contient de la thiamine, un truc dangereux pour les chiens.

— Tu me prends pour qui ?

Elle attrape son sac de plage, en sort une carotte, le péché mignon de Cacao qui la croque bruyamment pendant qu'on savoure le gâteau moelleux à la croûte légèrement craquante. Je demande à ma meilleure amie :

— Ça serait quoi ton lieu de sécurité à toi ?

Elle réfléchit le temps que j'engloutisse ma deuxième part de *magical cake*.

— Le phare de Pen-Men. Mais c'est débile.

— Pourquoi ce serait débile ?

— Je l'ai visité avec l'école, quand j'étais petite, on a monté l'escalier tournant jusqu'à la lampe. Il a une portée de trente milles, cinquante-quatre kilomètres, c'est le plus puissant du Morbihan. Je me figurais que mon père était gardien d'un phare au milieu de l'eau, c'est pour ça qu'il ne pouvait pas vivre avec nous. Chaque soir il regardait Pen-Men s'allumer et il pensait à moi.

On pose le gâteau près de nous, à l'abri de Cacao. Il est rond, plus foncé que le chien, appétissant. Je me sens moins mal ici, loin des placards vides de la chambre de papa, du trou que Désir veut percer dans le plancher pour faire son duplex, et du pensionnat militaire. Le *magical cake* fortifie mon lieu de sécurité, il a un goût de paradis.

Mathilde est ma plus vieille amie et ma confidente, pas question de gâcher ça, il n'y a aucun malaise entre nous. Je ne suis pas jaloux, juste un peu possessif, peut-être. L'été dernier, elle avait un copain stupide qui prétendait habiter «Neuilly-Levallois» parce que pour cet idiot Levallois seul n'était pas assez chic. Mais, et c'est de bonne guerre, Mathilde trouvait aussi ma copine Britt stupide.

— Tu as quelqu'un, en ce moment ?

— Non.

— Moi non plus.

Mon angoisse monte avec la tombée de la nuit. On ne voit pas le soleil se coucher ici, pour ça il faut aller sur la falaise de Pen-Men ; là-bas, on assiste à l'instant où il plonge dans la mer. J'attends Claire depuis cinq ans sans savoir où elle est, en espérant qu'un jour elle sonne à la porte. Je viens de découvrir que papa, lui, savait. Il m'a menti pour elle et pour ma sœur. J'ai peur d'apprendre qu'elle a décidé de ne jamais revenir. La maman de Mathilde nous attend pour dîner. On se relève. Cacao disparaît.

Je n'ai pas parlé de la lettre d'Inde à Gaston. Est-ce qu'il est au courant pour Claire et le Chili ? Et pour son grand-père ? Quand j'étais petit, j'avais un poisson rouge baptisé Findus. Un matin, je l'ai retrouvé qui flottait sur le ventre à la surface de son bocal, j'ai supplié Claire de l'opérer. Elle m'a expliqué que c'était impossible. « Tout ce qui vit meurt un jour, Dom. C'est pour ça qu'il faut profiter de chaque seconde. Les docteurs offrent seulement du temps en plus. » Du rab, comme les bonus des jeux vidéo.

Les événements s'enchaînent. Tom est mort il y a cinq ans, du coup Claire est partie. Papa est mort cette année, du coup j'ai reçu la lettre d'Inde. J'ai fouillé le bureau de papa, j'ai appris que ma mère vit au Chili. Mais le mystère concernant ma sœur reste entier.

Quand je pense à Tom, mes poings deviennent des gants de boxe. Il y a un élève autiste dans ma classe. Cyprien ne parle à personne, il est dans son monde, son visage ne bouge pas, il se balance sur son banc pendant les cours, les profs ne disent rien. Un jour en cours de musique, au milieu d'un extrait de *La Flûte enchantée* de Mozart, pendant la chanson *Pa-Pa-Pa-Papageno*, il a ri, c'était contagieux, toute la classe l'a imité. Puis il est retombé dans son silence. On lui a posé des questions à la récré mais il avait refermé ses oreilles, il ne nous entendait plus. J'aime le rire rare de Cyprien. Je déteste Tom. C'était courageux de sa part de s'asseoir sur ces rails, mais en faisant ça, il a bousillé Claire. J'écris un SMS à Gaston : « Tu sais que Claire a écrit à papa du Chili ? » Pour l'envoyer, j'imite les *gourzouts*, les touristes qui envahissent l'île en août, dont Groix a besoin mais qui manquent parfois de délicatesse. Je tends le portable vers le ciel, pas de réseau. Je monte sur le mur de pierres sèches. Je vais sur l'ancienne aire à battre. J'insulte le téléphone. J'écris un SMS à papa : « Pourquoi tu m'as menti ? » Papa me répond : « Échec envoi. »

Le dîner, un poulet rôti fermier avec des légumes bio groisillons – poivrons, tomatillos, tomates, oignons roses et physalis –, me fait trop plaisir. Mathilde veut nous inscrire aux cours de l'école de cirque en août, j'ai toujours eu envie de jongler. On s'installe ensuite devant une comédie stupide à la télévision, affalés sur le canapé avec les chats Yoplait et Grisous. Et on rit. Les larmes naissent dans la gorge, le rire dans l'estomac, ce sont deux circuits différents.

En rentrant à la maison, je constate que mon SMS pour Gaston n'est pas parti et je l'efface. Mathilde est au courant, ça me suffit. J'ai appris des choses importantes aujourd'hui. Claire est partie parce qu'elle ne s'aimait plus, mais nous elle nous aimait.

L'amoureuse

Ton fils ne donne pas de nouvelles, donc il va aussi bien qu'il peut. Dans le port d'Amsterdam du grand Jacques, les marins montrent des dents à décroisser la lune et à bouffer des haubans. Est-ce que tu vois la pleine lune de là où tu es ? Je l'aurais décrochée pour toi si tu étais resté. Tu m'as réappris à être heureuse, j'étais en train de m'y habituer. À Groix, Dom va ouvrir tes tiroirs et découvrir tes secrets. Il me cherche mais savoir la vérité ne lui sera d'aucune aide. Ton absence me lamine, son existence me tient la tête hors de l'eau. J'écoute toujours ta playlist, cette fois c'est *That's Life* de Frank Sinatra. Encore un de tes pieds de nez à la mort. J'ai envie de boire une bière artisanale bretonne et d'aller jouer de la bombarde avec le Bagad Pariz à la Mission bretonne au bout de la rue.

JOUR 18

Dom

J'ai rappelé *TOI*, une voix préenregistrée me répond que le numéro composé n'est plus attribué. *TOI* a coupé sa ligne.

Pendant que Mathilde va au collège, je m'instruis grâce aux lettres de Claire. Je deviens calé en Indiens patagons Onas, Yagans, Tehuelches et Mapuches. Les timbres chiliens sur ses enveloppes représentent des Selknam en tenues de cérémonie, des chasseurs amérindiens qui ont disparu aujourd'hui. Les femmes passaient des heures dans l'eau gelée pour ramasser des moules pendant que les hommes pêchaient ou chassaient. Ils étaient nus l'été, s'enduisaient de graisse de mammifère pour se protéger du froid l'hiver. Ils ne connaissaient pas le vertige. Ils étaient fiers et valeureux, comme les Bretons. La plupart des Indiens de la Terre de Feu ont été exterminés par les propriétaires terriens et les chercheurs d'or venus d'Europe. Seuls les Mapuches ont survécu. Claire est fascinée par les manchots. Elle répare les bras et les jambes et elle est folle d'oiseaux marins qui ont le nom qu'on donne aux hommes à qui il manque un bras ou une jambe.

Je poursuis ma lecture mais m'interroge : c'est quoi, la prochaine surprise ? Mes parents sont des espions ?

J'ai écrit plusieurs fois à Dom, puis j'ai déchiré mes lettres. Il est trop jeune, il ne comprendrait pas et m'en voudrait. Mon amour insulaire, continue à lui dire que je travaille et que je vais revenir. Les manchots me passionnent et m'aident à tenir le coup. Tu te souviens du film La Marche de l'empereur *? Je fais comme eux, je suis partie pêcher, tu restes sur la banquise parisienne avec notre fils entre tes pattes, à l'abri du monde et de ma désespérance.*

Papa m'avait acheté le DVD, je comprends maintenant pourquoi il avait insisté, ça ne me disait trop rien, cette histoire de pingouins.

On se sent aussi insignifiant ici que devant le coucher du soleil à Pen-Men. Ton île est une naufrageuse, au sens figuré. Groix n'allume pas de feux pour que les bateaux se fracassent sur ses rochers. Elle révèle les humains à eux-mêmes en les rendant humbles devant l'océan, elle les dépouille de leurs métaux, elle les met à nu, elle sort la quintessence de chacun. C'est pareil ici. Les manchots et les bateaux sont plus adaptés à cette terre que les hommes, qui ne font pas les malins. Nous y reviendrons ensemble tous les trois, quand j'aurai récupéré mes forces vives. Vous aimerez ce bout du monde et ses habitants. Je vais mieux grâce à eux. Chaque jour me rapproche de vous.

Claire est unique en son genre. Les gens qui vont mal se soûlent, changent de coiffure ou de ville. Elle, elle a changé de continent et de vie.

— Tu sais qu'on est le sept du mois ? me rappelle Mathilde.

Elle achète un sachet de caramels de Groix au beurre salé chez Sébastien pour ne pas qu'on arrive les mains vides chez Frédérique. L'été tout le monde déboule, les amis des amis et des gens de passage, ça part dans tous les sens. Hors saison, ils sont moins nombreux. Les meilleurs amis de mes parents sont là, Jean-Pierre et Monique, Gildas et Isabelle, Jean-Philippe et Mylane, Bertrand, Renata, Silvia, Catherine, Perrine. Beaucoup sont venus à Paris pour l'enterrement. Ils me répètent que je peux compter sur eux, je n'ai qu'un mot à dire. Alors je dis un prénom :

— Claire. Elle écrit à papa de Patagonie, j'ai trouvé ses lettres.

Ils se taisent, ils sont au courant.

— Pourquoi papa me l'a caché ?

— Tu avais été secoué par le départ de ta mère, Yrieix n'a pas voulu en rajouter.

— Je me serais senti beaucoup mieux si j'avais su qu'elle pensait à moi !

— Elle repoussait son retour, il ne voulait pas te faire de fausse joie.

— Il aurait pu partir la chercher sur place ?

— Non, il fallait que la décision de rentrer vienne d'elle, explique Mylane. J'ai proposé à Yrieix de l'accompagner au Chili, il a refusé. Elle était malade, Dom. Elle n'en pouvait plus.

— Elle a écrit pendant deux ans, puis elle a arrêté. La nuit où il est mort, il y avait une femme avec lui, dis-je.

Les hommes haussent les sourcils, intéressés. Les femmes les froncent, méfiantes.

— Une femme blonde a prévenu le Samu, elle a disparu après leur avoir ouvert.

Ils tombent des nues.

— Au moins, il n'est pas mort seul…, dit Bertrand.

— Il a fait bugger mon ordinateur. Quand son cœur a lâché, mon jeu vidéo a disparu de l'écran.

En Bretagne on croit aux légendes celtiques, on est superstitieux parce que ça porte malheur de ne pas l'être. L'histoire leur plaît, c'est du Yrieix tout craché.

— Claire n'est pas venue à l'enterrement. Vous ne l'avez pas prévenue ?

Aucun n'a ses coordonnées.

— Vous avez déjà entendu parler de ma sœur ?

Stupeur dans le salon. Lulu, le chien de Mylane, en aboie d'étonnement.

— Tu es fils unique, Dom !

— Un monsieur qui a connu mes parents en Argentine il y a dix-huit ans m'a écrit le contraire.

Depuis que je sais où vit Claire, le puzzle se reconstitue lentement. Il manque pourtant la pièce centrale, celle qui expliquerait tout. Mathilde a cours demain, on reprend nos vélos et on fait un crochet par la baie des Curés où Cacao surgit bientôt. On s'assied au bord de l'eau, le chien se couche entre nous, la tête sur mes genoux.

Pourquoi Claire ne parle jamais de sa fille dans ses lettres ? Est-ce qu'elle a arrêté d'écrire lorsqu'elle a compris que papa ne l'aimait plus ? Ou parce que c'est elle qui a rencontré un autre homme ? L'adresse sur les enveloppes était tapée à la machine, c'était pour que je ne reconnaisse pas son écriture ?

— La dernière lettre trouvée dans le bureau de ton père date d'il y a trois ans, OK, mais rien ne prouve qu'elle ne lui a plus écrit après, dit Mathilde. Il peut avoir déchiré les suivantes. Ou ils ont décidé ensemble de ne plus s'écrire. Ou il les lui a renvoyées.

J'étais persuadé qu'on attendait tous les deux son retour. Je baisse la tête, vaincu. Je suis un gosse naïf, unique « ayant droit » aux mensonges des adultes.

— Tu sais où elle travaille, maintenant. Il ne doit pas y avoir des millions de chirurgiennes françaises à Punta Arenas, ajoute Mathilde.

— Elle sait où j'habite, elle peut me téléphoner ou m'écrire. Même si papa ne voulait plus avoir de contact avec elle, j'existe, moi ! Pourquoi elle m'a rayé de sa vie ?

— Prends l'avion et va lui demander.

— Je suis mineur, il faudrait que Gaston ou Tifenn

m'accompagnent, ils ne voudront jamais. Et ça doit coûter super cher.

— Tu as hérité non ? Maman dit qu'on n'a jamais vu un coffre-fort suivre un corbillard.

— Je viens à peine d'arriver, j'aurais voulu rester un peu.

— Tu reviendras après. Tes grands pieds sont ici mais ta tête est déjà en Patagonie.

— J'ai pas des grands pieds.

— Tu as des péniches au bout des jambes ! rigole Mathilde.

Je pousse la tête de Cacao et je cours vers les vagues, les bras étendus, comme un goéland, pas un manchot aux ailes rognées. Maintenant je sais la différence entre les pingouins et les manchots. Les manchots de l'hémisphère Sud n'ont pas d'ailes mais des nageoires pour plonger et nager. Les petits pingouins qu'on trouve dans l'hémisphère Nord ou en Bretagne peuvent voler eux, grâce à leurs ailes étroites. Mon amie a raison, je dois partir pour revenir.

Tard dans la nuit, je relis la dernière lettre de Claire.

Mon amour insulaire,
Je vais mieux, je dors. Tom ne vient plus chaque nuit dans mes cauchemars. Je n'aurais jamais dû vous quitter. J'espère que vous me pardonnerez. Vous me manquez tellement. Je vais rentrer, reprendre ma place. Je ne retournerai pas au bloc, je soignerai les patients autre-

162

ment. Je ne veux pas me priver de vous plus longtemps.
Mon copain de fac et sa femme m'ont épaulée pendant
ces deux ans, je leur dois une fière chandelle. J'ai hâte de
serrer mon fils dans mes bras. Petit homme, petit Dom,
il a dû tant changer. Je t'écris très vite pour vous donner
la date de mon retour.

Une pensée terrible me vient. Elle est rentrée et elle
a découvert que sa place était prise ? Quand est-ce que
papa a rencontré sa mystérieuse blonde ? Est-ce que
Claire est revenue une nuit et les a trouvés ensemble ?
Elle ne serait pas repartie sans me réveiller, impossible. Il faut absolument que j'aille là-bas.

JOUR 20

Dom

Je reprends le bateau pour Lorient, le cœur lourd.
Des Groisillonnes bavardent à côté de moi.

— Ces jeunes font des bêtises, *Co*.

— Y a qu'à leur coller une rouste ! propose ma voisine.

— Ma mère savait ce que j'avais fait le samedi soir
avant que je sois levée le dimanche ! rétorque l'autre.

« La mienne ne sait rien et s'en brosse le nombril
avec le pinceau de l'indifférence », dirait papa.

Oncle Gaston a remboursé mon billet de train à la
maman de Mathilde et réservé mon retour. Je passe
le voyage à penser que je vais bientôt revoir Claire.
En sortant de la gare Montparnasse, je respire le parfum de Paris, un mélange de pots d'échappement,
de pollution, de cuisine des restaurants, de sueur,
de stress, d'histoire et de rêves. J'adore Groix, j'aime
aussi la capitale. Je me réhabitue aux feux rouges, aux
bouches de métro, à la tristesse de voir des gens faire
la manche devant les crêperies éclairées. J'arrive au

pied de notre immeuble. Kerstin jaillit de sa loge et m'embrasse comme si je revenais d'une expédition dans l'Himalaya.

— Je ne suis parti que cinq jours, dis-je, gêné.

Elle me tend mon courrier, papa a reçu deux lettres fâchées. On a fermé son compte, donc les prélèvements automatiques ne sont plus honorés. Oncle Gaston et maître Jules ont fait le nécessaire pour l'électricité, l'eau, le gaz, l'assurance, mais ils ont oublié le portable et les charges de l'appartement. L'opérateur téléphonique menace de couper sa ligne. Le syndic de l'immeuble le sanctionne d'une amende. Je leur écris à tous les deux par mail : « Mon père est mort », en leur donnant le nom et l'adresse du notaire. Le syndic me présente ses condoléances mais maintient l'amende pour les charges en retard. L'opérateur est méfiant, il exige une photocopie de l'acte de décès. J'ai signé mon mail « Domnin Le Goff, fils de monsieur Yrieix Le Goff, décédé ». L'opérateur répond : « Cher monsieur Yrieix Le Goff », ça me met en colère. Je réplique : « Monsieur Yrieix Le Goff, décédé, regrette de ne pas pouvoir prendre connaissance de votre courrier parce qu'il n'y a pas de réseau dans l'urne où il a déménagé. » L'opérateur répond : « Cher monsieur Yrieix Le Goff, nous avons bien reçu votre mail auquel nous répondrons dès que possible dans un délai de vingt-quatre heures maximum. »

Je sonne chez mon oncle. Il m'invite à entrer, mais je reste sur le palier et lui propose de redescendre chez moi.

— C'est absurde, viens, puisque tu es là.

— Je t'attends en bas.

Il me rejoint quelques minutes plus tard. J'attaque directement :

— Claire a écrit à papa. Elle vit en Patagonie. Je veux y aller.

Mon oncle a des problèmes de thyroïde, ça lui donne de beaux yeux ronds exorbités. Il les braque si fort sur moi que j'ai l'impression qu'ils vont sauter sur mes genoux. J'insiste :

— Je sais où elle travaille. Elle ne sait pas qu'il est mort. Je veux la revoir et lui dire.

Il soupire.

— Tu as quinze ans, tu es assez grand pour savoir la vérité, mon ami.

Quand on me dit que je suis assez grand, la suite est à base de vaccins ou de trucs moches qui mettent à plat. Gaston a l'air aussi triste que le matin après la nuit *glaz*. Il s'éclaircit la gorge, ça a du mal à sortir.

— Quand nous avons ouvert le coffre à la banque, il y avait une enveloppe pour moi.

— Celle que tu as mise dans ta poche ?

— Oui celle-là. Je l'ai lue. Elle parlait de ta maman.

Je crois que finalement je ne veux pas savoir. Une fois qu'on a entendu les mots, on ne peut plus reculer, on est piégé.

— Ne me dis rien. Laisse tomber. Elle m'expliquera quand elle reviendra.

— Elle ne peut pas, Dom.

Gaston parle très doucement, ses mots atteignent mon tympan puis mon cerveau.

— Elle voulait vous rejoindre. Elle allait mieux.

— Et puis elle a changé d'avis.

— Non, Dom.

Je frémis.

— Il y a eu un drame. Un accident. Un jeune garçon a fait une crise d'épilepsie au cap Horn, ta maman a compris tout de suite ce qui se passait, elle lui a fait rempart de son corps pour qu'il ne tombe pas dans l'eau glacée. Elle l'a sauvé mais elle a glissé et le courant l'a emportée. Ils l'ont cherchée toute la journée avec les Zodiac. Ils ne l'ont pas retrouvée.

Moi aussi je suis gelé. Je ne reverrai pas Claire. Ses promesses étaient des mensonges. Je déteste les oiseaux marins et les levers de soleil sur les glaciers bleus qui flottent. Je la déteste d'avoir voulu sauver tout le monde sauf papa et moi. Elle a réparé sa faute, elle s'est sacrifiée. Elle a rejoint son grand-père, Tom, et papa. C'est foutu.

— Elle est morte comme oncle Yannig, dis-je d'une voix rauque.

— Oui.

Oncle Gaston n'ose pas me toucher, il écarte légèrement les bras de son corps, on dirait un stupide manchot sur cette idiote de banquise. Je me blottis contre lui, il referme ses manches de tweed sur mon sweat Corto. Et il serre très fort.

— C'était quand ?

— Il y a trois ans.

— Papa le savait depuis tout ce temps.

— Oui. Il a eu peur que tu sois submergé.

— C'est maman qui a été submergée, dis-je, désespéré.

Elle a doublé le cap Horn, s'est muée en sirène pour protéger un enfant inconnu. Elle nage pour toujours avec les orques, les otaries et les baleines. Il ne reste que des glaçons. Tout ce qui était doux et tendre a sombré avec elle.

Gaston monte chercher l'enveloppe du coffre. Je reste assis sur le canapé, les bras autour de mes jambes repliées, je me balance comme Cyprien. Mon oncle redescend et me donne trois pages.

Sur la première, papa lui raconte l'accident. Il a choisi de ne rien me dire, il attend que je grandisse ou qu'on retrouve Claire, morte ou vive. Elle a presque sûrement glissé sous un glacier puis coulé tout de suite, paralysée par le froid. Mais il reste une chance infime qu'elle ait abordé une berge plus loin ou qu'elle ait été recueillie, en hypothermie. Un cœur gelé peut repartir longtemps après s'être arrêté, l'organisme fonctionne au ralenti. Dans ce cas, ma mère amnésique vit au milieu d'Indiens non exterminés dans un fjord perdu de Patagonie. Je venais de sortir la tête hors de l'eau, papa n'a pas eu le courage de m'assommer pour que je sombre. Il a gardé le secret et ça lui a grignoté le cœur.

Je détestais Tom, je hais ce garçon épileptique. Qu'est-ce qu'il fichait sur ce bateau ? Et Dieu, il fabriquait quoi au lieu de protéger Claire ? Il faisait des *selfies* avec les autres passagers ?

Je reconnais l'écriture de la deuxième page.

Mes amours, ça y est, je reviens ! J'ai pris mon billet d'avion, dans huit jours je serai à Paris. Je monterai l'escalier doucement, pour que ton infernale sœur n'ouvre pas sa porte. Je sonnerai, je n'ai pas emporté mes clefs. Vous m'ouvrirez. Dom aura grandi. On sera de nouveau ensemble.

La troisième, écrite à l'ordinateur, est signée par le copain de fac de maman.

Monsieur,

J'ai une bien triste mission, je suis porteur d'une terrible nouvelle. Votre femme, ma consœur Claire Bihan, a été victime d'un accident au cap Horn, par gros temps. Un jeune passager épileptique convulsait au bord de l'eau. Elle a ôté son gilet de sauvetage pour être libre de ses mouvements, elle est descendue sur des rochers glissants afin de l'empêcher de tomber. Elle l'a sauvé mais elle a perdu l'équilibre et les vagues l'ont emportée. Les recherches pour retrouver son corps ont été vaines. Nous avons déployé tous les moyens possibles mais de nombreux blocs de glace flottent à cette latitude et les cou-

rants sont contradictoires. Je vous présente mes condoléances navrées et je vous assure de toutes nos pensées pour vous et votre fils. Ma consœur avait fini son mandat et se réjouissait de vous rejoindre en France, elle n'a pas eu le temps de poster sa dernière lettre, je la joins à mon courrier.

Croyez, monsieur, à la profonde peine de toute notre équipe et à ma très sincère compassion. Les parents du jeune Thomas m'ont demandé de vous exprimer leur immense gratitude et leur profond chagrin.

Docteur Benniged Riec

Ce sale type doit être breton avec un nom pareil. C'est sa faute si Claire est partie là-bas. Confrère, consœur, les médecins s'appellent comme ça entre eux. Con, on y revient toujours, comme condoléances ; sœur comme la petite fille née avant moi en Argentine. Est-ce qu'elle me ressemblait ? Tout le monde dit que je ressemble comme deux gouttes d'eau à Claire. Les gens racontent n'importe quoi, c'est plutôt comme deux gouttes de larmes.

Le docteur Claire Bihan n'aurait pas survécu à la mort d'un second Tom. Si ce Thomas était tombé dans l'eau gelée, elle aurait de toute façon plongé pour le repêcher et ils auraient dérivé ensemble sous les icebergs. Je hais les épileptiques, les autistes, les Tom, les Thomas, les Indiens patagons et les oiseaux de mer. L'an prochain, au lycée, quand je remplirai le questionnaire «noms et adresse des parents» j'écrirai «Yrieix Ar Gov, dispersé dans l'océan, Claire Bihan, à la dérive sous un iceberg». Papa est né à Lorient et mort à Montparnasse, deux terres bretonnes. Maman est née dans le Finistère, que les Romains appelaient *finis terra*, la fin de la terre, et les Bretons *penn-arbed*, la tête du monde. Elle est née au début du monde et morte au bout du monde. Je sais à présent que papa ne l'a pas trompée. Il était veuf, il était libre.

— Je veux être seul, s'il te plaît.

Oncle Gaston respecte mon souhait, il remonte dans son appartement. Je peux l'appeler ou le rejoindre dès que je serai prêt. Il n'a pas compris pourquoi je ne veux plus rentrer chez lui.

Il y a une photo de maman dans ma chambre, papa l'a mise peu après son départ, pendant que j'étais à l'école. Il n'y aura plus jamais de nouvelle photo de mes parents. Sur la dernière avec papa, celle que je montrerai un jour à mes enfants, si j'en ai, on fait les idiots en tirant la langue. Sur la dernière avec maman, on court vers la mer à Groix, comme je le fais encore avec Mathilde et Cacao. On nous voit de dos, les bras écartés, on imite les mouettes et les goélands. Je ne veux plus rester coincé sur mon escalier à la dixième marche. Il est temps de grandir. J'ouvre le placard de la cuisine, je prends le bol du mariage de William et Kate et je le balance dans l'évier où il se casse avec un joli bruit. Ma mère n'a plus besoin de son bol, elle a bu la tasse.

Gaston est chez lui, Tifenn aussi. Désir va tous les jours à la piscine à cette heure-ci, pour le plaisir d'engueuler les gamins qui l'éclaboussent et les adultes qui ne prennent pas la douche obligatoire. Kerstin est dans sa loge en train de réviser ou à l'école, Noalig dans son agence de voyages, Gwenou derrière son bar. La voie est libre. Je sors sur le palier.

Les marches sont super pentues. Je peux en sauter quatre les doigts dans le nez. Par contre, en sauter quinze, c'est gonflé pour ne pas dire dangereux. Tant pis je n'ai pas le choix. C'est mon âge et je suis seul sur la photo. Je sors l'iPhone de papa, l'opérateur a rouvert la ligne depuis qu'oncle Gaston a mis l'abonnement à son nom. Je photographie l'escalier pour le poster sur Instagram avec la légende : « Sauter un an par marche pour devenir un homme, les Indiens patagons n'avaient pas le vertige. » Mathilde, qui est connectée, comprend et commente dans la seconde : « Trop raide, mauvaise idée. » Je réponds : « Claire ne reviendra pas. » Un *follower* qui croit que ma copine m'a quitté écrit : « Une de perdue, dix de retrouvées, ne fais pas le con. » Je ne fais pas le con, je veux sauter concrètement aux conclusions, gommer les années de dix à quinze ans pendant lesquelles j'ai attendu Claire. Ce sont mes parents qui ont inventé ce jeu, pas moi.

Le problème n'est pas le saut, mais la réception. Je vais déraper, et cette fois je n'aurai personne pour m'arrêter. Il faudra que je m'agrippe très fort à la rampe sur ma gauche. Mes baskets risquent de glisser. J'ai une idée. Je retourne dans l'appartement, ouvre le placard de papa et enfile ses belles chaussures anglaises. Mes pieds changent aussitôt de tête.

J'ai le cœur qui cogne. Mes parents seront fiers de moi. Je ne peux pas avoir dix ans toute ma vie. Avant chaque opération, Claire révisait chacun de ses gestes. Comme elle, je me vois sauter, pivoter sur la gauche, me cramponner à la rampe. Ça devrait le faire. Je serre les mâchoires, je rassemble mon courage, j'ai l'estomac dans les talons des pompes de papa. Je cherche, de chaque côté de mon corps, les mains invisibles de mes parents disparus. Et… je… m'envole !

L'amoureuse

Je lambine à la terrasse de Gwenou, le regard vague, attendant je ne sais quoi, mais plus jamais toi. Désir entre dans l'immeuble, les cheveux mouillés, balançant à bout de bras son sac de piscine. Un gros bruit me tire de ma torpeur. Un livreur a dû lâcher un meuble dans l'escalier, avec un peu de chance il l'a aplatie. Des portes claquent, des gens s'interpellent. Je traverse pour voir ce qui se passe. Ton fils est tombé. Il est assis sur une marche, il porte tes belles chaussures anglaises qu'on a achetées ensemble. Son avant-bras droit a la forme du boa dans *Le Petit Prince* après qu'il a avalé le chapeau. Dom le regarde avec un air surpris tandis que Gaston se penche sur lui, horrifié.

— Mon pauvre ami ! Tu as glissé dans l'escalier ?

— Ç'aurait pu être Georges ou un de mes fils ! brame Désir. Ta Kerstin cire beaucoup trop les marches, ça fait cent fois que je lui dis !

— Ce n'est pas ma Kerstin, grogne Gaston.

— Je n'ai pas glissé, dit ton fils, pâlichon mais fier. J'ai sauté quinze marches, et j'ai réussi ! J'avais prévu

177

de me rattraper à la rampe, mais ma main a dérapé, et je suis parti en vrille. Mon bras a une drôle de forme non ? Tu peux faire une photo avec mon iPhone, faudrait pas qu'on me prenne pour un dégonflé !

JOUR 21

Dom

En me conduisant hier à l'hôpital, oncle Gaston m'a demandé plusieurs fois si j'avais voulu me suicider. Il a refusé de prendre une photo de mon bras. L'infirmière des urgences, plus sympa, a accepté. Je l'ai postée sur Instagram : « Défi relevé, bras amoché. » Une femme a engueulé papa en le traitant d'inconscient. Mathilde a commenté : « Tu l'as bien cherché ! Ça fait mal ? » J'ai répondu : « Pas du tout » pour frimer. J'ai une double fracture fermée et déplacée en bois vert, ils m'ont endormi pour remettre mes os dans l'axe.

L'anesthésiste était une femme, je voyais ses yeux marron au-dessus du masque vert, il n'y avait pas de personnage de dessin animé sur son chapeau de bloc. Elle m'a injecté sa potion magique : un produit contre la douleur, un pour dormir et un pour relâcher les muscles, en me disant de compter jusqu'à dix. J'ai fixé les néons au plafond, un, deux. À trois, Claire s'est penchée sur moi avec ses yeux à paillettes dorées. À quatre, j'ai arraché le cathéter dans mon bras, je me suis assis sur le lit et je lui ai demandé :

— Tu es revenue ?

— Je ne suis jamais partie.

— Mais si, le jour de la fondue savoyarde, le même que celui de la chute des tours à New York.

— Je suis toujours restée près de toi. Tu te souviens de ce que je te disais : chaque soir avant de t'endormir, concentre-toi sur le meilleur moment de ta journée.

— Je me souviens.

— C'était quoi, pour toi, aujourd'hui ?

— Maintenant, parce que tu es là.

— Alors ferme les yeux et pense à maintenant.

— Ça veut dire que les Indiens et les pingouins t'ont sauvée ?

— Concentre-toi, Domenico. Il n'y a pas de pingouins en Patagonie.

— Je vais mourir et vous rejoindre, papa et toi ?

— Tu vas mourir, comme tout le monde. Mais pas avant très très longtemps, quand tu seras plus vieux que ta grand-mère. Continue à compter.

J'ai obéi. J'ai compté cinq. L'anesthésiste aux yeux marron est réapparue. Puis six. Ensuite je ne me souviens plus de rien.

Tifenn m'a apporté des vêtements et des affaires de toilette. Désir est venue me voir après l'opération, elle a dit au docteur que mon tuteur n'est pas à la hauteur, elle prétend que j'ai frôlé la mort par sa faute. J'ai fait semblant de dormir jusqu'à ce qu'elle reparte. Kerstin m'a expliqué : les os des adultes cassent comme du bois sec, ceux des enfants se plient comme du bois vert, c'est pour ça que mon bras ressemblait à un serpent de mer. Je vais garder mon plâtre plusieurs semaines. J'ai officiellement quinze ans. Le jeu est fini.

L'infirmière m'aide à m'habiller et à remettre mon bracelet avec le lien bleu et le triskell. Elle s'étonne en m'aidant à enfiler mes chaussures.

— Les ados ont des baskets, d'habitude, tu es vraiment élégant ! Il faut les cirer, elles sont tout éraflées.

J'ai abîmé les merveilles de papa dans ma chute.

— C'est arrivé comment ? s'intéresse-t-elle.

— J'ai loupé une marche.

Mon bras me lance, il paraît que c'est normal. J'ai le *glaz* parce que j'ai bousillé les chaussures anglaises et rayé le cadran de la montre de marine, heureusement elle n'est pas cassée.

Oncle Gaston vient me chercher à l'hôpital dans sa Morgan. Les gens nous regardent, contents ou envieux, certains lèvent le pouce et nous sourient, d'autres pincent la bouche et détournent les yeux. Gaston a bouclé ma ceinture, je n'y arrivais pas.

— Tu n'as pas trop mal, mon ami ?

— Ce qui ne nous tue pas nous rend plus forts.

Il me fixe, consterné.

— Dom, il faut que tu voies quelqu'un. Tu n'es pas Atlas, tu as besoin d'aide.

Je sais à quelle aide il pense. Maman a préféré les manchots aux psychiatres.

— J'ai besoin de changer d'air, surtout.

Il semble soulagé.

— Je peux m'absenter de Paris. Tu veux qu'on retourne à Groix ?

— Je veux que tu m'emmènes en Patagonie.

Il est si surpris qu'il cale. Le monsieur derrière nous klaxonne et crie : « Pas besoin d'avoir une bagnole pareille si tu sais pas la conduire, ducon ! »

— Je dois voir où Claire a glissé, dis-je.

— Je ne peux pas prendre l'avion, je suis claustrophobe, avoue mon oncle. C'est d'ailleurs pour ça que j'ai une voiture décapotable.

Alors je demanderai à tante Tifenn. Je dois mettre mes pas dans les pas de maman et partir sur les traces de ma sœur. Ma famille se rétrécit à vue d'œil. Si je reste à Paris, je risque de disparaître.

Oncle Gaston me propose de dormir chez lui, évidemment je refuse. Tante Tifenn me fait la même offre, j'accepte. Elle me prépare un hamburger et coupe ma viande pour me faciliter la tâche à cause du plâtre. Je mets les choses au point :

— Je n'ai pas voulu me suicider.

— J'espère bien, dit-elle gravement.

— C'était un jeu avec papa et maman, tu sais.

— Tu aurais pu te tuer, Domnin !

C'est la première fois qu'elle m'appelle par mon prénom, elle a vraiment dû avoir peur.

— Ça va aller, dis-je.

Son pied bat la mesure alors qu'il n'y a pas de musique.

— Tu te rends compte que tu aurais pu rester paralysé ? crie-t-elle.

— Mes parents auraient raté ça, c'est bête.

— On compte pour du beurre, à tes yeux, Gaston et moi ?

— Du beurre salé, je précise pour l'amadouer.

— On t'aime, on tient à toi !

— Je ne voulais ni mourir ni me retrouver en fauteuil roulant, je te jure.

Elle renifle, inspire à fond, se lève.

— Ton père m'a donné une lettre à te remettre quand je le jugerais bon.

J'oublie mon plâtre, mon bras qui lance, même la Patagonie. Elle ouvre son secrétaire, y prend une feuille.

— Je pensais attendre ta majorité, mais c'est maintenant qu'elle te sera utile.

Elle sort et me laisse avec les mots de papa. C'est ça la mort : plus jamais de nouvelles photos, et des lettres sans réponse. J'étais triste que papa en ait laissé une pour Gaston en m'oubliant, mais il a pensé à moi. Je suis son seul fils, même si j'ai une sœur.

Si tu lis cette lettre, c'est que je ne suis plus là. Je vais désormais couper aux mauvaises choses de la vie. Je n'irai plus chez le dentiste. Je ne paierai plus d'impôts. Je n'aurai plus de rhume et jamais de cancer. Je ne verrai plus le véto endormir notre chien. Je ne pleurerai plus la mort d'un ami ou d'un père. Je ne quitterai plus Groix. Je n'aurai plus le cœur disloqué. Je ne vieillirai pas. Je

n'aurai ni arthrose, ni dentier, ni trous de mémoire. Toi,
tu vas vivre tout ça. Tu auras des caries, des taxes et des
amendes, le nez qui coule, des deuils, et des rhuma-
tismes. Tu traverseras des épreuves, des chamboulements
et des chagrins d'amour, parce que l'essentiel, le pré-
cieux, l'irremplaçable, c'est la vie. Alors je t'en supplie,
savoure chaque seconde, mauvaise et bonne. Aie du goût
pour la vie, comme on dit à Groix, sinon elle se fâche.
Ne manque pas de savoir-vivre, rappelle-toi combien je
t'aimais, puis va de l'avant, le passé est une ancre dure à
décrocher. Gouverne à barre franche, sans attendre, ne
remets rien à demain, fonce ! Ne tue pas le temps, le
bougre ne meurt jamais, remplis-le !

Tout ce que tu vas vivre sera magnifique. Ce monde
est sauvé par le parfum du café, la beauté de l'océan, la
puissance du rire et la force de l'amour.

Je reste assis au bord de ton cœur.

Y.

Je replie la lettre, fracassé. Papa savait que maman
pouvait ne pas revenir, il avait le cœur malade, il a
pensé que s'il lui arrivait quelque chose je resterais
seul. C'est pour ça qu'il m'a choisi un tuteur, qu'il a
caché l'enveloppe du docteur patagon dans le coffre et
qu'il a confié à Tifenn cette lettre pour moi.

Ma tante est dans sa chambre au bout du couloir.
Assise sur son lit, elle écoute une femme chanter dans
une langue que je ne reconnais pas.

— C'est du russe ?

— Du finlandais.

Je m'assieds à côté d'elle. Je ne comprends rien mais c'est beau.

— Elle s'appelait Annikki Tähti. Un ami m'a dit qu'il fallait absolument l'écouter avant de mourir.

— Il est joyeux ton copain.

Je profite honteusement de la faiblesse de ma tante.

— J'ai un grand service à te demander.

— Tout ce que tu voudras.

— Tu dis oui sans savoir ce que je veux ?

— Du moment que ce n'est pas un chien, j'accepte. Qu'est-ce qui te ferait plaisir ?

— Ce n'est pas un chien mais un pingouin.

Elle sourit.

— Pas un pingouin, un manchot. Pas un seul, plein de manchots ensemble. Et au cap Horn. Je dois voir l'endroit où maman a glissé dans l'eau.

Elle se trouble, mais ne me détrompe pas. Donc elle était au courant.

— Tu le savais ! dis-je sur un ton accusateur. Papa te l'avait dit ?

— Il avait toujours un doute. Il ne voulait pas tuer ton espoir.

Je frappe sur la table avec mon bras gauche valide.

— Il faut que j'y aille. Accompagne-moi.

— Tu dois aller au collège, Dom.

— Je ne peux pas écrire ça ne sert à rien, mon bras droit est dans le plâtre.

— Demande à Gaston.

— Il est claustrophobe et il a peur de voler. Juste quelques jours, tante Tifenn, s'il te plaît !

187

— On ne part pas comme ça au bout du monde, il faut s'organiser, prévoir, prendre des billets, un voyage pareil se prépare longtemps à l'avance, proteste-t-elle.

— Papa m'écrit qu'il faut foncer et ne rien remettre à demain. Pour les billets, j'ai hérité, tu es mon invitée, dis-je grand seigneur. Je ne voulais pas me blesser en sautant, mais si tu refuses, je peux changer d'avis !

— C'est une menace ?

— C'est un argument.

— Tu veux mourir, Dom ?

— Pas avant d'avoir remangé du *magical cake*.

— Arrête de plaisanter !

Elle a peur. Je profite de mon avantage.

— Je t'en prie, tante Tifenn. Je ne te demanderai plus jamais rien. Ton copain t'a dit d'écouter cette musique avant de mourir, moi je ne veux pas mourir sans aborder l'île Horn.

Quel nul ! Elle va refuser c'est sûr et trouver une autre bonne excuse.

— D'accord…, dit-elle en soupirant.

— Tu te moques de moi ?

— Je n'ai jamais été aussi sérieuse.

L'amoureuse

Gaston a convoqué tous les gens de l'immeuble qui tiennent à ton fils – ce qui exclut ta sœur. Il leur a raconté l'accident de Claire, dont tu m'avais parlé sous le sceau du secret. Et il leur a dit que Dom voulait se rendre en Patagonie.

Ton fils n'est pas suicidaire, il a du chagrin. Il vient de perdre ses deux parents à trois semaines d'intervalle, même si sa mère est morte depuis longtemps.

L'Amérique du Sud est l'endroit de la planète où j'ai le moins envie de me rendre, toi seul sais pourquoi. Mais je t'ai fait une promesse. Donc j'irai.

Je me sens responsable de Dom et pourtant je suis mal à l'aise avec lui. Est-ce parce que je n'ai pas d'enfant ? On ne m'a pas livré le mode d'emploi. J'aurais tant voulu être mère. Peut-être que finalement je n'étais pas faite pour ça.

JOUR 24

Dom

Noalig s'est occupée de nos billets. Je suis allé dans son agence de voyage avec tante Tifenn. Notre voisine avait l'air différente derrière son bureau. J'ai insisté pour payer mais ma tante a refusé.

— Quand tu seras majeur, tu m'inviteras à dîner dans un grand restaurant.

— Je t'emmènerai le soir de mes dix-huit ans, promis juré.

Tifenn et Noalig ont ri.

— Voilà un homme galant, ça change de mon ex, a soupiré Noalig.

— Pourquoi tu as divorcé ?

— Parce que j'avais misé sur le mauvais cheval.

Elle aurait dû prendre les paris sur le petit cheval ailé. Elle est blonde, libre, jolie, bretonne, elle a l'âge de papa, ça se tient.

Papa m'avait fait faire un passeport pour m'emmener à New York l'an prochain. Il est dans le meuble que mes parents ont acheté autrefois à la Foire à la brocante et au jambon de Chatou. C'est une table à cartes du XIXᵉ siècle en acajou avec des tiroirs plats pour les cartes de navigation et un compartiment pour les instruments ; elle vient d'un yacht anglais qui a été désarmé en Bretagne. Mon passeport est rangé avec le programme de mon voyage scolaire à Rome en juin, un billet pour Lisbonne au nom de papa (il allait tout seul au Portugal ?) et une enveloppe rectangulaire sur laquelle il a écrit « Important ». Encore un secret ?

L'enveloppe contient un contrat d'assurance-vie de cent mille euros, c'est une très grosse somme. Mon grand-père avait investi l'argent de son invention dans un vieil immeuble sans ascenseur à Montparnasse, des maisons à retaper à Groix, et quatre contrats, un par enfant. Papa n'a pas touché au sien, d'après ce document il le transmet en cas de décès à deux bénéficiaires. Le premier, c'est moi, Domnin Le Goff, domicilié à Paris en France. La seconde, Oriana Virasolo, domiciliée à El Calafate en Argentine. Il y a sa date de naissance. Elle a dix-huit ans, ça colle avec la lettre d'Inde. C'est sûrement ma sœur ! Maman n'est pas partie là-bas par hasard. Oriana est vivante, si papa lui lègue cet argent.

Je tape Oriana Virasolo sur Internet, aucune réponse. Pourquoi elle ne s'appelle pas Le Goff ? Ou Bihan comme Claire ? Si papa a deux enfants, je dois partager l'héritage. Je suis sonné mais je prends une photo du document avec mon portable. Et je l'envoie à maître Jules en lui demandant d'être discret avant de balancer cette bombe à la famille.

J'ai encore un truc à régler avant de partir.

— J'ai besoin de ton aide, dis-je à Kerstin.

Elle aussi s'entendait bien avec papa. Blonde, libre, jolie, ce serait vraisemblable, même si elle est carrément plus jeune.

— Tu as la clef de Gaston ?

— J'ai toutes les clefs de l'immeuble.

— Je dois prendre quelque chose dans son appartement, c'est une surprise.

Nous montons. Je sais que l'urne est dans le salon. Ma respiration s'accélère en arrivant sur le palier. Je me raidis, mes pieds sont ancrés au sol. Kerstin ouvre la porte, se retourne.

— Tu viens, Dom ?

Non. Je vais m'enfuir, dévaler les marches et me casser l'autre bras.

— Tu viens chercher quoi chez ton oncle ?

Il faut que j'y arrive. Je franchis le seuil, c'est déjà une victoire. Je fais trois pas. Puis je me dérobe avant l'obstacle.

— Je ne peux pas entrer. Tu vas devoir m'aider.

— Explique-moi, dit Kerstin.

— Gaston a posé l'urne de papa quelque part dans cette pièce. Je ne suis pas revenu depuis. Tu peux regarder ?

Kerstin disparaît dans le salon puis revient.

— Elle est là. C'est quoi ta surprise ?

— Je vais emmener papa rejoindre maman.

— Quoi ?

— Il voulait que ses cendres soient dispersées dans l'océan, il n'a pas précisé à Groix. Je vais en emporter la moitié au cap Horn.

— Et tu comptes les mettre où ?

Je sors de ma poche la boîte à pilules que j'ai prise dans la valise orange de Claire. Il y a une hermine sur le couvercle, une croix noire à trois pointes sur fond blanc.

— C'est quoi ?

— Un symbole breton important. C'est de là que vient notre devise « Plutôt la mort que la souillure ». Il y a cinq hermines sur le blason de Groix, avec un bateau de pêche, une falaise, un phare, une ancre, un lion de mer et un requin. Je voulais mettre un peu des cendres de papa dans cette boîte, mais je n'y arriverai pas. Il faut que tu le fasses pour moi.

— Que j'ouvre l'urne, moi ? Même pas en rêve !

— Papa aussi doit doubler le cap Horn. Maman voulait revenir, on l'attendait. Elle n'a pas pu rentrer.

Kerstin hésite. Je la supplie du regard.

— Vous étiez proches, papa et toi, non ?

Elle prend une grande inspiration, saisit la boîte et disparaît dans le salon. Je guette les bruits qui proviennent de la pièce aux murs recouverts par des bibiothèques. Chez papa, c'étaient des BD, chez Gaston ce sont des livres anciens. Enfin, Kerstin ressort, pâle mais victorieuse.

— Mission accomplie !

Elle me tend la boîte à pilules. Je redescends avec elle dans sa loge, et j'ose :

— Tu n'as pas d'amoureux français ?

— Je n'ai pas de temps à perdre, fait-elle en haussant les épaules.

— Aimer c'est perdre son temps ? Un jour, papa t'a demandé pourquoi tu faisais tes études à Paris et pas à Munich, tu n'as pas répondu. Pourquoi ?

— Dans mon pays, le Struwwelpeter n'aime pas les enfants curieux.

— Le quoi ?

— Un personnage flippant qui ne coupe ni ses cheveux ni ses ongles.

Sur le buffet, la tubulure rose d'un stéthoscope dépasse sous un tas de papiers. Je le tire doucement vers moi. C'est un stétho pédiatrique avec un pavillon jaune en forme de tête de petit lion pour rassurer les enfants. Le nom de sa propriétaire est inscrit derrière la membrane.

— Tu ne t'appelles pas Claire Bihan, dis-je d'un ton accusateur.

— Ton père me l'a prêté pour mon stage de pédiatrie.

— Il t'a donné le stétho de maman ? Pourquoi elle ne l'a pas emporté ?

Kerstin est forcément la femme blonde. Sinon il ne lui aurait pas fait cette faveur.

— Parce qu'il n'y a pas de lions en Patagonie, peut-être. C'était un prêt, Dom. Je te le rends tout de suite si tu veux.

Je secoue la tête.

— Je ne serai pas médecin. Je n'en aurai jamais besoin.

JOUR 25

Dom

On va voler quatorze heures de Paris à Santiago du Chili, puis encore trois heures pour Punta Arenas. Oncle Gaston a contacté Benniged Riec, il nous attend. Tifenn m'a proposé de m'aider à faire ma valise à cause du plâtre mais j'ai préféré me débrouiller seul en pliant tout n'importe comment. J'emporte le sweat Corto et ma veste de quart qui vient de la coopérative du port. Kerstin nous accompagne jusqu'à la Fiat 500 de Tifenn, elle me serre si fort qu'elle me fait mal au bras. Gaston s'installe au volant, on ne tiendrait pas à trois dans la Morgan. Tant pis pour sa claustrophobie.

Je suis assis avec ma tante dans un café du terminal 2 de l'aéroport de Roissy, on a calculé large et l'embarquement est prévu dans ce hall. Le temps passe, quand soudain l'annonce change sur le tableau d'affichage, on embarque dans un autre hall à l'autre bout du terminal. On se dépêche sans s'affoler. On se met dans la file qui avance. Je regarde ma tante.

— Tu n'avais pas un sac en bandoulière ?

Elle pâlit.

— Je l'avais posé à mes pieds ! Il y a mon billet, mes clefs, mon portable, ma carte de crédit ! Si on me l'a volé, je perds tout, et surtout on ne part pas, mon passeport était dedans aussi.

— Reste là, j'y vais.

Je traverse les deux halls en courant. J'arrive, essoufflé et paniqué, à l'endroit où on était assis. Deux Américains boivent un café à notre place. Ils me voient débouler.

— *Your bag ? It was your bag ?*

— Oui, *yes*, vous l'avez ?

Ils désignent du doigt un comptoir d'accueil plus loin, je les remercie et je m'y précipite. J'explique en bafouillant que ma tante a oublié son sac à main, qu'on part au Chili, qu'elle a tout dedans. Je le reconnais dans les mains d'un monsieur, je tends mon bras gauche pour l'attraper puisque le droit est dans le plâtre. Il se recule.

— Montrez-moi les papiers d'identité de votre tante.

Je souris, croyant à une blague.

— Ils sont dans son sac. Ouvrez-le ! Elle s'appelle Tifenn Le Goff.

— Je n'ai pas le droit. Où est votre tante ?

— À l'autre bout du terminal, on va embarquer, vous devez me croire !

Je lui donne l'adresse de Tifenn, je décris la coque et le fond d'écran de son portable, je ne pourrais pas les inventer si j'étais un voleur. Il reste de marbre. J'ai une illumination. Tifenn est dans mes contacts favoris, j'appuie sur son nom, de la guitare rythmique s'échappe du sac qui vibre.

— Je vous en prie ! Ma mère m'attend au Chili, je ne l'ai pas vue depuis cinq ans !

Le type finit par me tendre le sac. Je me précipite. On est les derniers à embarquer.

Tifenn m'a laissé le hublot. On est serrés comme des sardines dans les boîtes des conserveries bretonnes. Je regarde d'abord la terre et les humains minuscules en bas, puis le film avant de me concentrer sur mon plateau-repas. Ma tante est tendue, peut-être qu'elle aussi a peur de l'avion. L'hôtesse de l'air me demande ce que je veux boire.

— Vous avez du Breizh Cola ?

Elle ne connaît pas, pourtant on est sur Air France.

— Je vais doubler le cap Horn, lui dis-je.

La jolie blonde qui aurait plu à papa sourit.

— Tu rêves de devenir navigateur ?

— Non, je vais voir l'endroit où ma mère a glissé sous un glacier.

L'hôtesse part s'occuper de quelqu'un d'autre. Je me penche vers ma tante :

— Je croyais que papa n'était pas fidèle, mais non, maman était déjà en train de dériver. Il était libre.

— On est toujours libre d'aimer, Dom.

— Tu as trompé oncle Yannig ?

— Non.

Gêné par ma question au moment même où je la formule, j'ose :

— C'est comment, exactement, quand on fait l'amour ?

— Tu n'en as jamais parlé avec ton père ?

— Je croyais qu'on avait le temps.

Elle soupire, mal à l'aise. J'insiste.

— C'est comme boire quand on a très soif ?

— Non. C'est avoir très soif, très envie d'arriver au port, ne plus être seul, arrêter de penser, devenir ensemble deux poissons volants. On quitte les fonds obscurs, on découvre le ciel et l'espace, c'est grisant et merveilleux.

— Oncle Yannig t'a fait cet effet-là ?

Je vois son regard se troubler. Je change de sujet pour ne pas l'attrister plus.

— La femme qui était avec papa habite l'immeuble. Il lui envoyait des SMS en l'appelant *TOI*. J'hésite entre Noalig et Kerstin. Elles sont blondes, elles venaient dîner à la maison, Kerstin a le stéthoscope de Claire, Noalig est entrée dans son bureau, et elles pleuraient à l'église. À part elles, il n'y a que la dame du premier qui a quatre-vingt-dix ans.

— Découvrir son identité ne te ramènera pas ton père. Tu as une mission maintenant, savourer chaque seconde, savoir vivre. Suis ses conseils.

Mon sac à dos est rangé au-dessus dans le compartiment à bagages, j'ai mis la boîte à pilules, fermée par du scotch, au fond. Papa vole avec nous. J'ai pris sa lettre en photo avec mon téléphone, je la relis pendant que Tifenn dort.

Je n'irai plus chez le dentiste. Il avait eu une mauvaise expérience enfant, un remplaçant l'avait charcuté à Lorient. *Je ne verrai plus le véto endormir notre chien.* Il a tenu jusqu'au bout la patte de notre teckel Babig. *Je n'aurai plus le cœur disloqué.* Maman le lui avait brisé. *Gouverne à barre franche*, il n'aimait pas les barres à roue, avec une franche on sent l'océan sous la coque. *Ce monde est sauvé par le parfum du café.* Je préfère le chocolat. *La puissance du rire.* Celui de Mathilde est irrésistible. *La force de l'amour.* Je ne sais pas si un jour je tomberai amoureux. *Je reste assis au bord de ton cœur.* Je me souviens du cours d'anatomie de Kerstin. Papa s'est arrimé à mes cordages.

L'amoureuse

C'est le plus long vol sans escale opéré depuis Paris par Air France. Dom a enfilé le sweat Corto par-dessus son plâtre. Il porte la montre de marine. J'aurais aimé faire ce voyage avec toi, même si je déteste notre destination du plus profond de ma peau, là où bouillonne la lave incandescente dans laquelle je rêve de plonger mon ex. Que trouvera ton fils, au bout de son périple ? Et moi, que vais-je découvrir ? Je me demande quelle vie Yvette Meunier a menée.

Elle avait vingt ans quand la Seconde Guerre mondiale a éclaté. Elle portait des tabliers à fleurs et obéissait à son mari ? Elle a fait de la résistance, son fiancé est mort en déportation, elle a vécu dans son souvenir ? Elle a été grand reporter et a sillonné la planète, elle a eu trois maris merveilleux, une ribambelle d'amants et une palanquée d'enfants ?

Ton fils ignore mon identité, c'est ce que tu souhaitais. C'était merveilleux de faire l'amour avec toi, mais ça je ne pouvais pas lui dire.

JOUR 26

Dom

On arrive à Santiago du Chili. Le vol est passé très vite, j'ai dormi presque tout le temps. Ma tante fredonne *À Santiago de Cuba*, une vieille chanson de Jean Ferrat. Les paroles sont drôles : « Et moi qui danse comme un troène / Et moi qui danse comme une soupière / Et moi qui danse comme une barrique ».

On redécolle pour Punta Arenas, tout en bas du pays en regardant la carte. On atterrit dans la capitale de l'Antarctique chilien. Un chauffeur nous conduit au cabinet médical. Les maisons sont colorées et les immeubles bas. Un homme hyper costaud sort pour nous accueillir.

— Tu dois être Domnin. Je suis si heureux de faire ta connaissance, je suis Benniged. C'est fou comme tu lui ressembles…

Je le déteste d'emblée, c'est à cause de lui que Claire est partie si loin.

— Personne ne l'a oubliée ici, tu peux me croire. Je pense à elle tous les jours.

— Moi aussi.

Il fait une petite grimace et nous invite à entrer.

— J'aimerais d'abord voir où elle habitait, s'il vous plaît.

— Bien sûr. Claire ne tenait pas à s'installer, elle voulait se réparer puis vous rejoindre. Elle dormait ici, dans la chambre de garde du cabinet, ou dans la cabine du médecin sur les bateaux de croisière, ou encore dans la chambre de garde que nous avons à Ushuaia. Elle transportait son sac d'un endroit à l'autre. Je vais te montrer.

Il nous précède dans une chambre austère aux murs couverts de posters de manchots, seuls ou en groupes.

— Ces animaux la passionnaient. C'est elle qui les a affichés. Depuis, ses successeurs ne les ont pas retirés. Quand Magellan les a vus pour la première fois, il a cru que c'étaient des canards aux ailes atrophiées. Tu aimes les oiseaux marins ?

— J'aime les goélands et les mouettes de mon île bretonne. À Groix, les gens qui se noient sont retrouvés dans des endroits précis, à cause des courants. C'est différent ici ?

Il m'explique que les courants sont changeants au cap Horn, les tempêtes imprévisibles, et en plus les glaciers bougent. Si les vents soufflent de l'ouest, ça donne les quarantièmes rugissants, les cinquantièmes hurlants, les soixantièmes stridents. S'ils soufflent de l'est, des vagues scélérates de trente mètres de haut se

210

creusent à contresens du courant marin. Claire s'est noyée sur le méridien qui sépare l'Atlantique et le Pacifique. L'eau claire qui vient de la fonte des glaciers est pauvre en sel, alors que l'autre océan est très salé, ils sont de densités différentes, du coup leurs eaux ne se mélangent pas. On voit nettement la ligne de séparation entre les deux. Claire ne fait jamais comme tout le monde.

— Je suis tellement désolé, soupire le docteur Benniged.

— Au moins elle est avec papa maintenant.

Il fronce les sourcils, appelle Tifenn au secours du regard.

— Le père de mon neveu est décédé d'une crise cardiaque il y a un mois, dit-elle.

Il se tourne vers moi, il a l'air encore plus navré.

— Vous me montrerez l'endroit où elle a glissé ?

— Je vais t'emmener au Horn, promet-il. C'est moi qui aurais dû être sur le bateau ce jour-là. Ma femme était enceinte, elle a eu un malaise. Claire m'a remplacé au pied levé. Je suis plus fort, peut-être que j'aurais réussi à maintenir le patient sans glisser.

J'encaisse.

— Votre bébé, c'est un garçon, ou une fille ? dis-je en serrant les dents.

— Une fille. Elle s'appelle Marie-Claire.

— Vous êtes sûr que ma mère est morte ? Vous pourriez le jurer sur la tête de Marie-Claire ?

Il frémit.

— L'eau était gelée, tu ne dois pas nourrir de faux espoirs Domnin.

J'ai le cœur qui danse comme une barrique.

— Je m'appelle Dom.

JOUR 27

Dom

Nous embarquons avec le docteur Benniged sur
un bateau rapide pour passer le détroit de Magellan et le canal de Beagle, puis nous longeons l'ave-
nue des Glaciers où chacun porte le nom d'un pays.
Des colonies de manchots serrés sur les rochers nous
observent. Nous rattrapons un gros bateau de croisière qui navigue entre les fjords et s'est déjà arrêté à
la baie Ainsworth et au glacier Pia. Nous montons à
bord à l'heure de l'apéritif. Sur le pont supérieur, c'est
open bar, les passagers ne paient pas leurs boissons,
Gwenou serait stupéfait. Tante Tifenn commande une
piña colada, moi un jus d'abricot.

Nous dînons à la table du capitaine qui a connu
Claire. Elle était sur ce même bateau quand c'est
arrivé, ça me coupe l'appétit.

— Vous avez le regard et le sourire de votre mère,
dit-il en croyant me faire plaisir.

Un guide explique aux passagers qu'on arrivera
au cap Horn au milieu de la nuit. Le bateau va être
secoué, il ne faut rien laisser sur les commodes ou les

tables de nuit sinon les objets vont tomber. À mon avis c'est impossible, le bateau est trop lourd et stable.

Avant d'aller dormir, pour préparer l'excursion, on nous passe un film qui raconte l'épopée de Magellan et de sir Francis Drake. On apprend qu'un marin qui franchissait le Horn à la voile avait le privilège de porter un anneau d'or à l'oreille. Le guide fait rire les passagers en ajoutant que s'il franchissait les trois caps, Horn, Bonne-Espérance et Leeuwin, il gagnait le droit de cracher et de pisser au vent – ce qu'on ne fait jamais en mer. Des milliers de bateaux ont fait naufrage au cap, la météo change d'une minute à l'autre et les quatre saisons peuvent se succéder dans la même journée. Enfin, on nous souhaite bonne nuit avec les mots de l'écrivain Francisco Coloane : « Nous sommes comme les glaces : la vie nous fait parfois chavirer et nous change de forme. »

Dans la cabine que je partage avec Tifenn, il y a deux lits, une salle d'eau avec une douche, une baie vitrée qui ne s'ouvre pas, deux gourdes noires au nom du bateau. Je me réveille d'un coup à trois heures du matin : le portable de papa est tombé par terre, le manchot en peluche avec son bonnet et son écharpe rouge qui trônait sur la commode aussi. Le bateau tangue, ça ne réveille pas ma tante qui a pris son somnifère. Je sors du lit, j'ai du mal à tenir debout, je m'installe contre la baie vitrée avec la couette autour de moi, et je regarde dans le noir, comme si Claire allait passer sur un canoë indien en pagayant.

JOUR 28

Dom

Une voix désincarnée, diffusée par le haut-parleur de la cabine, nous réveille en sursaut à cinq heures du matin. On est arrivés au cap Horn. Pour ceux qui souhaitent faire l'excursion, la salle du petit déjeuner est ouverte, les premiers Zodiac partent dans trois quarts d'heure.

Tifenn me secoue. J'ai fini ma nuit contre la baie vitrée.

— Tu as dormi là, Domino ?

Je repousse la couette et me lève. Comme moi, tout ce qui se trouvait sur les tables de nuit est par terre.

— Rien ne t'oblige à y aller si tu n'en as pas envie, dit doucement ma tante.

Pas moyen de me défiler, j'ai rendez-vous avec Claire.

Tifenn m'aide à attacher mon gilet de sauvetage, pas simple sinon avec le plâtre. Les passagers ont tous des bonnets, des gants, des pantalons imperméables. Sauf ma tante et moi. Chaque gilet de sauvetage a un numéro d'identification. Comme les autres, j'accroche le mien sur un tableau au moment de monter sur un Zodiac. Ça permet de savoir qui participe aux excursions et qui reste à bord. Tifenn et moi embarquons sur le dernier bateau avec Benniged.

Le *cabo de Hornos* est situé à la limite entre l'Atlantique et le Pacifique, à 55° 56' Sud et 67° 19' Ouest. Le gardien du Horn est un marin chilien qui vit ici toute l'année avec sa femme et ses deux filles, un bateau leur livre des provisions six fois par an. Ils n'ont jamais entendu parler de Groix. On monte cent marches jusqu'au phare, où il y a aussi une petite chapelle et un albatros d'acier de neuf mètres de haut. La sculpture est prévue pour résister à des vents de 250 kilomètres heure, elle veille sur les quinze mille marins disparus. Quinze mille marins, plus Claire Bihan. Benniged nous traduit le poème de Sara Vial gravé dans le marbre : « Je suis l'albatros qui t'attend au bout du monde. Je suis l'âme oubliée des marins morts qui traversèrent le cap Horn depuis toutes les mers de la terre. Mais ils ne sont pas morts sur les vagues furieuses, ils volent aujourd'hui sur mes ailes, vers l'éternité. » Papa m'a raconté qu'autrefois, à Groix, au retour des campagnes de pêche au thon qui duraient des mois, les patrons lisaient aux mères et aux femmes la liste des marins péris en mer. Alors que les unes retrouvaient avec joie leur fils ou leur mari, les autres s'effondraient en apprenant qu'ils ne reviendraient pas.

On redescend avec Benniged. Pas question de sauter les marches métalliques et dangereuses. L'océan est un lac par rapport au jour du drame. Le médecin me montre l'endroit où le garçon a convulsé. Sans lui, maman aurait repris l'avion et elle m'aurait rapporté le manchot en peluche avec le bonnet et l'écharpe rouge.

Benniged me raconte. Thomas, le jeune passager allemand, est tombé comme une masse alors qu'il posait le pied sur l'île, ses parents n'avaient même pas encore débarqué du Zodiac. Son corps s'est raidi, agité de secousses. Il n'avait plus fait de crise d'épilepsie depuis des années. Tout s'est passé en quelques secondes. L'adolescent était sur la plate-forme étroite qui surplombait l'eau noire. Le guide à côté de lui s'y connaissait en géographie, géologie, ethnologie, mais pas en médecine. Les vagues glaciales l'éclaboussaient, il glissait vers le bord. Claire s'est précipitée entre lui et le danger sans réfléchir, par réflexe. Gênée par son gilet de sauvetage, elle l'a dégrafé. Elle est descendue sur un rocher en contrebas pour maintenir Thomas. En convulsant, il l'a heurtée avec sa grosse botte à crampons. Claire s'est reculée, le rocher était glissant, elle n'avait pas de rambarde pour se retenir, rien que l'océan sombre dans lequel elle est tombée au ralenti, et qui l'a engloutie.

Aujourd'hui, trois ans plus tard, la mer est calme. Je me penche, je retire mon gant et plonge ma main dans l'eau. Aucune sirène ne surgit des grands fonds. Comme le docteur Clapot me l'a appris, je regarde l'océan et je rentre dans sa couleur, je respire lentement, je me sens en sécurité. La chape de plomb qui pèse sur mes épaules depuis la nuit *glaz* glisse dans les abysses. Je souris au souvenir de maman. Une chanson retentit dans ma tête : « Emmenez-moi au bout de la terre, emmenez-moi au pays des merveilles. » Maintenant, son chanteur préféré aussi est parti là où on va après. J'attrape la boîte à pilules dans la poche intérieure de ma veste de quart. J'enlève le scotch, je l'ouvre. Papa ressemble à du sable gris. Je vérifie le sens du vent avant de le verser dans l'eau. Les cendres volètent puis se posent à la surface. Je secoue la boîte pour la vider entièrement. Mes parents sont réunis.

— Qu'est-ce que tu fais ? demande ma tante.

— J'ai emmené un voyageur clandestin. C'est papa. Elle aussi vire au gris.

Benniged force Tifenn à boire du café de la Thermos du guide. Elle retrouve à peu près son teint normal. Je crois qu'elle ne s'attendait pas à ma réponse. Personnellement, le sable m'a moins impressionné que l'urne.

Les Zodiac nous ramènent au bateau. Le gardien du phare a apposé un coup de tampon sur les passeports des passagers qui le voulaient, je n'ai pas pris le mien exprès. Claire méritait cet honneur, pas moi. L'atmosphère a changé. On ne passe pas le Horn impunément, même sur un bateau de croisière on y laisse quelque chose de soi. À bord, Tifenn commande un alexandra, moi un jus de tomate. Elle ne sait rien pour Oriana. Maître Jules a sûrement fait des recherches, j'espère en savoir plus en arrivant en Argentine.

Il y a un olivier dans notre jardin à Kerlard. Papa le taillait comme il faut, par l'intérieur, assez pour qu'un oiseau puisse le traverser en volant sans toucher les branches de ses ailes. Je suis un petit pingouin coincé dans un olivier, j'ai les ailes déchirées, je ne trouve pas la sortie.

JOUR 29

Dom

Le lendemain matin on accoste à Ushuaia, la ville la plus australe du monde. Avant, je croyais que c'était juste une émission de télé et un gel douche. Les Indiens Yamanas y vivaient autrefois, ce sont leurs feux que les navigateurs espagnols ont aperçus, d'où le nom Terre de Feu.

Les passagers débarquent, le capitaine m'offre un tee-shirt avec le nom du bateau sans se rendre compte que je suis venu faire un pèlerinage de deuil. J'ai laissé la boîte à pilules dans la cabine, je n'en ai plus besoin.

Il fait 5 °C, « ça meule », dirait papa. Benniged nous emmène à l'antenne locale de son cabinet. Là aussi Claire dormait dans la chambre de garde. Là non plus ses successeurs n'ont pas retiré ses posters. Elle a recouvert les murs de gorfous sauteurs avec des yeux rouges, une tête noire, des sourcils jaunes, une touffe de plumes sur la tête et des plumes jaunes de chaque côté, un dos noir et un ventre blanc. Ils font leurs nids en haut des falaises où ils grimpent en bondissant, les pattes jointes. Claire n'avait plus de nid.

Marie-Bengale, la femme de Benniged, est pédiatre. Ils ont des prénoms aussi loufoques que papa et moi. Elle est bretonne, de Nantes. Pendant les deux ans où elle a vécu ici, Claire a souvent dîné chez les Riec. Ils connaissent l'histoire de Tom et des cauchemars de ma mère. Marie-Bengale lui répétait que le petit garçon se sentait emprisonné dans son corps, qu'elle avait eu raison de se battre pour tenter de lui sauver au moins une jambe.

— Elle vous répondait quoi ?

— Qu'un médecin est formé pour sauver la vie, pas pour réfléchir au sens de la vie.

Je laisse les adultes entre eux et je consulte mes mails sur le portable de papa grâce à la wi-fi du cabinet. *Yes my lord*, maître Jules a réussi à retrouver Oriana ! Il se chargera des formalités pour qu'elle reçoive la moitié de l'argent de l'assurance-vie. Ma sœur habite El Calafate, entre Ushuaia et Buenos Aires. Elle travaille comme guide à l'Estancia Cristina, un ranch isolé que les touristes visitent en excursion. Je fais suivre le mail du notaire à oncle Gaston en lui racontant tout, la lettre d'Inde et le contrat à nos deux noms. La France a quatre heures d'avance sur nous, à Paris c'est le début de l'après-midi. Je ne dis rien à Tifenn, j'attends qu'on soit tous les deux, je trouverai le moment propice. Les Riec ne nous décollent pas et ça ne les regarde pas. Normalement on doit prendre demain l'avion pour Buenos Aires, traverser la ville pour rejoindre l'aéroport international, puis voler vers Paris. Je supplie Gaston de trouver un moyen pour passer par El Calafate. Je compte sur la prodigieuse Noalig.

Pas de nouvelles au déjeuner. Ni dans l'après-midi. Je bous d'impatience en silence. L'heure tourne. Tifenn remarque ma nervosité et la met sur le compte du Horn. Ma tante invite les Riec à dîner pour les remercier d'avoir tué maman. On marche vers le restaurant. À Paris et à Groix, c'est déjà la nuit. Je suis venu au bout du monde pour rien, je vais repartir bredouille.

Au restaurant, où je me suis connecté au réseau wi-fi gratuit, je reçois enfin un mail. Le duo Gaston et la joueuse de bombarde a fait des miracles. Noalig a échangé nos billets. Nous partons toujours demain, mais pour El Calafate où elle nous a réservé une chambre à l'Eolo. Le jour d'après, nous irons en excursion à l'Estancia Cristina. J'ai presque atteint mon objectif.

Tifenn remarque mon expression rayonnante, il est temps de la mettre au courant, tant pis pour les Riec. Je n'arriverai pas à tenir ma langue jusqu'à la fin du dîner.

— J'ai une super nouvelle ! On ne rentre pas demain, le programme a changé. On va rencontrer ma sœur.

Elle fronce les sourcils.

— Dom tu débloques. Tu es fils unique.

— C'est ce que je croyais, mais non !

Je lui parle du contrat à deux bénéficiaires. Je m'attends à ce qu'elle soit stupéfaite, intriguée, intéressée. Pas du tout. Elle est furieuse, et je ne comprends pas pourquoi.

— Tu m'as trompée. Tu voulais voir l'endroit où Claire est tombée, nous y sommes allés. Je ne resterai pas un jour de plus dans ce pays.

— Mais tu ne comprends pas ? Je DOIS faire la connaissance de ma sœur.

— Je n'irai pas à El Calafate. Pas question ! Tu aurais dû m'en parler et me demander mon avis. Je vais tout de suite rappeler Noalig.

Je ne reconnais pas tante Tifenn. Sa voix est dure, agressive, tranchante, on dirait Désir. Elle peut bien appeler, elle oublie le décalage horaire. Il est très tard en France. Elle va devoir attendre demain matin pour joindre Noalig. Pourquoi réagit-elle si mal ?

Benniged veut détendre l'atmosphère, il insiste pour lui faire goûter du vin pétillant argentin. Le serveur remplit leurs verres. Je cherche comment convaincre ma tante, on ne va pas repartir alors que je suis si près du but. Benniged nous recommande les steaks argentins à la sauce *chimichurri* avec des herbes fraîches épicées et vinaigrées. Il lève son verre en disant *Salud !*

Trois secondes après, le ciel austral me tombe sur la tête…

L'amoureuse

J'ai failli faire un infarctus quand ton fils a ouvert la boîte au cap Horn. Une main invisible m'a chiffonné le cœur, je n'ai pas eu peur, je l'ai accueillie avec soulagement, je t'aurais rejoint. Tu étais à ramasser à la petite cuiller quand ta femme t'a quitté, puis tu as été heureux avec moi, avant d'être enfermé dans cette boîte à pilules. J'étais un peu jalouse de Claire parce qu'on ne peut pas gagner en face d'une morte, elle a forcément le beau rôle. Elle n'est jamais énervée, décoiffée, grognon, déprimée, insomniaque. Une rivale éternellement jeune, belle, courageuse, fragile, immortelle, intouchable. J'aimais Claire, mais la place était libre. On ne peut pas dire que je m'y suis engouffrée, j'ai laissé faire le temps.

Quand la main a desserré son étreinte, mon malaise est passé, je suis redevenue légère. J'ai pensé à l'albatros d'acier du Horn et au poème de Baudelaire : « Souvent, pour s'amuser, les hommes d'équipage / Prennent des albatros, vastes oiseaux des mers, / Qui suivent, indolents compagnons de voyage, / Le navire glissant sur les gouffres amers ». J'ai eu envie de pleurer, pour toi et pour ces rois de l'azur aux ailes immenses. Dom ne sait toujours rien de nous deux. Il rentrera à Paris, on lui retirera son plâtre, il n'aura même pas besoin de rééducation, ses mains danseront de nouveau sur le clavier de son ordinateur. Mais ce voyage doit impérativement s'arrêter là. Je ne veux pas rencontrer Oriana. Je refuse d'aller à El Calafate.

— Champagne ? propose le serveur en inclinant la bouteille de pétillant argentin vers mon verre.

Il n'est champagne que de la Champagne, le Rosell Boher n'a pas droit à cette appellation, pourtant je tends mon verre, il me donnera un coup de fouet. Je trinque en secret avec toi, je porte un toast à notre amour.

Le serveur a laissé le bouchon sur la table, mes doigts jouent nerveusement avec le muselet. Je suis prise au piège. Je t'ai promis de protéger Dom, mais c'est au-dessus de mes forces. Le fil d'acier se tord entre mes doigts. L'oiseau marin prend forme, de profil, avec un gros corps rond, planté sur deux pattes palmées. Je lui ajoute deux courtes ailes. J'utilise le papier doré qui entoure le bouchon pour lui mettre une collerette et lui fourrer un poisson sous la nageoire. Je le pose sur la nappe. Marie-Bengale admire mon pingouin. Benniged sourit.

Ton fils est aussi blanc que la nappe et que la neige sur les sommets. Si pâle que je crains qu'il s'effondre.

Dom

Mes yeux sont fixés sur l'oiseau en fil de fer. Mon cerveau bugge. Ce n'est pas possible ? Tifenn ne peut pas être la femme mystère, c'est ma tante !

Je croise son regard. Elle n'a pas compris que je l'ai démasquée. J'ai du mal à respirer. Des filets de sueur coulent le long de mon dos sous ma polaire. Tifenn est jolie, blonde, libre, elle porte des jeans, elle habite notre immeuble. Comment j'aurais pu imaginer !

— Ça ne va pas, Dom ? demande ma tante.

Elle était avec papa quand son cœur a lâché, elle a appelé le Samu, elle leur a ouvert avant de remonter chez elle. Le docteur Valbone a prévenu Gaston, qui a annoncé à Tifenn la mort de son amant. Elle a fait semblant de l'apprendre. Depuis, elle joue la comédie.

Ils m'ont menti, exclu de leur bonheur, ils n'avaient pas confiance en moi. Papa avait besoin d'amour, mais pourquoi avec la femme de son frère ? Je croyais qu'elle ne se remariait pas parce qu'elle pleurait encore Yannig. Ils ne sont pas du même sang, ils avaient le droit. Elle est la veuve du héros, ma tante préférée, douce, triste, touchante. Papa et son frère n'avaient que dix mois d'écart et se ressemblaient comme des jumeaux, il a pris sa très belle belle-sœur sous son aile.

Bizarrement, je lui en veux plus à elle qu'à lui. J'en tremble de colère. Tifenn me touche le bras, je recule en frémissant. Benniged se penche.

— Tu te sens mal ? Tu veux sortir prendre l'air ?

Je les hais tous les trois. Je repousse ma chaise et je me lève.

— Je t'accompagne, dit Tifenn en m'imitant.

— Non !

J'ai crié. Les clients des autres tables nous regardent. Je tends la main vers le pingouin en fil de fer qui se dandine sur la nappe blanche, je l'écrase sous mes doigts rageurs, je le jette dans l'assiette de la maîtresse de papa. Je crache à ma tante :

— Tu réussis mieux les chevaux ailés.

Elle fronce les sourcils.

— Dans la chambre de papa, près de la bouteille de champagne et des coupes.

Elle comprend. Son regard vacille.

— Vous vous êtes bien foutus de ma gueule tous les deux.

Je me dirige vers la sortie.

— Tu veux que j'aille lui parler ? demande le type qui a tué maman à la blonde qui a tué papa.

Je marche longtemps dans la nuit d'Ushuaia avant de me rendre compte que je crève de froid et de faim.

Quand je repasse devant le restaurant, les lumières sont éteintes et le rideau baissé. Je rentre à l'hôtel. Le gardien de nuit regarde la télévision. Je ne peux plus continuer ce voyage avec ma tante, et en même temps je ne vais pas me balader en Argentine tout seul. Elle dort, ou elle fait semblant. Elle a laissé un mot sur mon oreiller. Je le lis à la lampe torche de mon portable.

Ton père ne voulait pas te mentir, mais te protéger Domino. Le départ de ta mère il y a cinq ans vous a anéantis, vous avez espéré ensemble son retour. Quand il a appris son accident, il a attendu qu'on ait retrouvé son corps ou que tu sois plus grand pour te parler, il doutait encore. J'ai essayé de le convaincre de te dire la vérité mais c'était son choix. Tes parents m'avaient épaulée quand Yannig est mort, j'ai aidé ton père à mon tour. Nous étions amis, nous le sommes restés. Il y a deux ans, notre amitié s'est transformée en amour. Tu croyais que Claire allait revenir, tu n'aurais pas compris. Ton père a craint que tu te sentes à nouveau abandonné. Nous n'avons fait de mal à personne. L'amour est une chance dingue, ça vous tombe dessus et ça rend la vie fabuleuse. Nous avons lutté chacun de notre côté avant de comprendre que c'était réciproque. Je ne t'ai lésé en rien. J'ai juste rendu ton père un peu plus heureux.

Impossible de m'endormir. Je compte les moutons, je les remplace par des gorfous sauteurs et des manchots de Magellan. La dernière phrase de ma tante me transperce. Papa avait besoin d'être un peu plus heureux. Il m'a menti pour Claire et pour Tifenn. Pourquoi pas aussi pour Oriana ?

JOUR 30

Tifenn

Ton fils a froissé le mot que je lui avais laissé et jeté la boule de papier par terre. Il sait maintenant, par ma faute, par celle de mes doigts agiles. Je viens d'être trahie par un fil d'acier galvanisé.

Pendant la guerre, les agents secrets américains se faisaient démasquer parce qu'ils ne comptaient pas sur leurs doigts comme les Européens. Chez nous, on lève le pouce d'abord, puis l'index, le majeur, l'annulaire, on termine par l'auriculaire. Aux États-Unis, ils lèvent l'index d'abord, puis les autres doigts, ils finissent par le pouce. Je ferais un mauvais espion.

Dom veut rencontrer celle qu'il prend pour sa sœur. Il va tomber de haut et je ne pourrai pas le ramasser. Je m'étais juré de ne jamais mettre les pieds là-bas, la donne a changé. Je vais plier pour me faire pardonner. Pour qu'il ne me déteste pas. Je lui dois bien ça.

Il a une mine épouvantable, des cernes sous les yeux, il ne s'est pas coiffé, son plâtre commence à s'effriter, on dirait un pingouin triste avec une aile blessée.

— Je n'ai pas rappelé Noalig, dis-je. Je vais t'accompagner à El Calafate puisque tu y tiens.

Je ne lui dis pas qu'il ne trouvera pas sa sœur en Argentine. Nous faisons nos valises sans échanger un mot. Mon père agissait ainsi autrefois quand je le décevais, il niait mon existence, me bousculait comme si je n'existais pas, je me plantais devant lui mais il faisait semblant de ne pas me voir.

Benniged et Marie-Bengale nous déposent à l'aéroport d'Ushuaia. Elle tend à Dom un cadeau, un bandeau cache-oreilles gris en polaire qui représente un pingouin, avec un bec orange et deux yeux blancs aux pupilles noires. Il le met tout de suite pour ne plus m'entendre. Notre avion décolle.

Dom

Après une heure vingt de vol, on atterrit à El Calafate. Autrefois c'était une étape pour les charrettes qui
transportaient la laine depuis les *estancias*, ces fermes
qui s'étendent sur des milliers d'hectares. Moi j'ai parcouru des milliers de kilomètres pour chercher ma
sœur. Ce soir nous allons dormir dans la plaine pata-
gone. Je n'ai pas dit un mot à Tifenn depuis hier.

L'Eolo est un hôtel haut de gamme, les autres
étaient pleins. Le salon est très grand, avec des canapés profonds et des tables couvertes de livres d'art. Un
télescope est posé devant une baie qui donne sur la
cordillère des Andes et le plus grand lac du pays, le
lac Argentino qui fait mille cinq cents kilomètres carrés. Un homme chante en espagnol sur la chaîne hi-fi.
Papa disait que chaque morceau de musique raconte
une histoire. Je regarde le CD. Je ne comprends pas
ce que Jorge Drexler raconte dans *Todo se transforma*,
mais il a raison, rien n'est plus comme avant. Des
lièvres de Patagonie bondissent dehors, il y a aussi
des renards, des guanacos, des mouffettes, des aigles,

des condors, des vautours et des buses. Je prends des photos du lodge pour Mathilde. Papa aurait aimé cet endroit. C'est sûrement avec Tifenn qu'il voulait partir à Lisbonne. Est-ce qu'il est venu ici avec Claire quand elle attendait Oriana ?

Le déjeuner est servi dans la salle à manger. L'hôtel est construit comme un carré autour d'une cour intérieure, la vue est incroyable de tous les côtés. On nous installe devant la baie vitrée. Je ne veux plus rien avoir à faire avec ma tante. Demain, on ira à l'Estancia Cristina. Puis on repartira à Paris et elle sortira de ma vie. Tifenn commande un verre de vin. Le sommelier lui propose un bohème brut, précise qu'il contient du pinot noir, du chardonnay et du pinot meunier.

— Meunier ? répète ma tante avec une expression étrange.

Le sommelier pose le bouchon sur la table. Elle saisit le muselet, le détortille patiemment. Elle se pique, le sang perle. Elle suce son doigt, continue. Le fil de fer devient rectiligne. Elle le plie à sa volonté. Quelques minutes plus tard, c'est devenu un petit avion qu'elle pose sur la nappe. Au loin, derrière la vitre, le lac Argentino brille, superbe. Tifenn boit une gorgée, lève son verre vers le plafond puis redevient un élastique tendu à claquer. Claire ne buvait jamais à cause de son métier. Papa débouchait parfois une bouteille juste pour lui, remplissait son verre qu'il tournait devant la lumière, et il me disait : « Ne tombe pas amoureux d'une femme abstème. » Pour lui, c'était

le seul défaut de maman. « Il y a d'autres ivresses »,
répliquait-elle.

La viande est délicieuse, vraiment très tendre. Le
couteau à manche rouge tranche comme le scalpel
d'un chirurgien. Le sommelier est trop jeune pour
avoir connu mes parents s'ils sont venus ici il y a dix-
huit ans.

— Je croyais que la femme blonde était Kerstin,
dis-je au steak dans mon assiette.

Le morceau de filet ne répond pas.

— J'ai aussi cru que c'était Noalig, dis-je à mon
couteau.

— Tu aurais préféré que ce soit elles ? demande
Tifenn.

— Au moins ça ne m'aurait pas gêné, dis-je à mon
verre d'eau.

Le serveur nous apporte des glaces au *dulce de
leche*. Ma *meumée* me faisait des glaces au yaourt
autrefois. Elle ne perd pas les pédales tant que ça,
elle se rappelait bien qu'une femme autre que Claire
aimait papa.

Je rejoins la plaine où des oiseaux de proie sont
perchés sur les piquets qui délimitent le territoire des
moutons. Une larme roule sur ma joue. Un homme
ne doit pas pleurer paraît-il, mais je ne suis pas un
homme. Je ne suis même pas capable de sauter quinze
marches d'escalier sans me casser la figure.

Tifenn

Ton fils ne me parle plus. J'aurais tant aimé venir ici avec toi, Yrieix. Demain, nous partons à l'Estancia Cristina. Je tremble à l'idée de ce qui m'attend, pourtant c'est inéluctable. J'évite cette confrontation depuis dix-huit ans, le temps est venu. Tu m'avais conseillé d'affronter la réalité, je t'obéis, bien obligée. J'ai les pieds rivés au sol patagon et la tête dans tes étoiles.

JOUR 31

Dom

Le réveil sonne tôt. Après le petit déjeuner pendant lequel je ne décroche pas un mot, on vient nous chercher pour nous conduire à Punta Bandera. Là, on embarque sur un petit bateau avec une trentaine de touristes. Puis on navigue sur le lac Argentino pendant trois heures. Tout le monde court d'un bord à l'autre pour admirer les morceaux de glace détachés du glacier Upsala. Les glaciers sont faits de neige gelée, donc d'eau douce, alors que la banquise est faite d'océan gelé, donc d'eau salée. Les mini-icebergs qui flottent sur le lac sont d'un bleu surréaliste, veiné de stries plus sombres, comme si on avait renversé une bouteille d'encre dessus. Ils ont des formes bizarres, escargot, chien, lion couché. Le guide nous explique que plus la glace est compressée, plus elle est bleue. Le lac est gris, les montagnes derrière sont nappées de neige blanche.

Des jeunes près de moi boivent avec une paille rigide dans une drôle de tasse ronde. Ils voient que je les regarde. Une fille me propose de goûter. C'est du maté, une infusion de feuilles de houx, la paille est une *bombilla* et la tasse une calebasse. Je goûte, je grimace, c'est super amer. Il fait froid, j'ai mis le bandeau pingouin de Marie-Bengale pour avoir chaud aux oreilles. Une Américaine s'extasie et me demande dans un français chantant où je l'ai trouvé.

— On me l'a offert à Ushuaia.

— Oh, vous êtes allé au cap Horn ? C'était comment ?

— C'était glissant.

Nous arrivons au débarcadère de l'*estancia*, sur un plateau entouré de montagnes qui autrefois était une vallée glaciaire. Lorsque je demande à voir Oriana Virasolo, on m'informe qu'elle vient de partir à El Calafate, on s'est croisés. Je ne peux pas plonger dans l'eau glacée pour rattraper le bateau à la nage. Elle sera peut-être de retour en début d'après-midi. Si elle décide de rester en ville, je serai venu pour rien. Tifenn semble soulagée. Ça m'exaspère.

L'excursion commence par une randonnée jusqu'à un refuge. On nous répartit dans des vans 4 × 4 puis on monte pendant dix kilomètres, on franchit des lits de rivière asséchés, on escalade des à-pics, on redescend à la verticale. Assis à l'avant à côté du conducteur, j'ai le souffle coupé. On s'arrête enfin. Il faut marcher une demi-heure jusqu'à un point de vue. J'avance sans attendre Tifenn. Papa, qui trouvait la galanterie essentielle, serait furax.

On suit le guide à travers des éboulis de pierres

jusqu'à un endroit où il nous conseille de garder les yeux rivés au sol. Puis soudain il ordonne : « Levez la tête ! »

Et là. Là, je suis scotché. J'aurais juré que Groix était le plus bel endroit du monde. J'ai presque trouvé son égal. Différent, aussi époustouflant. Le lac Guillermo est turquoise, cerné par la terre et les cailloux noirs, les Andes aux sommets de crème fouettée, le glacier Upsala blanc aux reflets bleus. Je souris derrière mes lunettes de soleil sous mon bandeau pingouin. Je me remplis les yeux de cette vision. Je ne l'oublierai jamais, même si je vis cent ans et que je finis mes jours à l'Ehpad de Groix en attendant que Claire vienne me chercher pour aller au *fest-noz*. Est-ce que mes parents sont montés jusqu'ici ? Est-ce qu'ils ont vu ce spectacle ?

Tifenn s'approche de moi, son regard est une invitation à la paix. Je hoche la tête, c'est trop beau. Je n'ai pas envie de lui parler, mais on ne peut détester personne ici. Je veux juste rester là, m'asseoir, et regarder. Au bout d'un temps qui paraît à tout le monde trop court, les guides nous obligent à retourner aux voitures. On redescend jusqu'au plateau devant le restaurant. Oriana n'est toujours pas rentrée.

On forme des groupes selon nos pays d'origine. Notre guide nous emmène à l'intérieur d'un hangar qui sent l'étable. J'y vais en traînant les pieds, je ne m'intéresse pas au passé, je suis nul en histoire, en plus ça pue là-dedans. Pourtant, je prends ma seconde claque de la journée.

Parce que l'incroyable parcours des gens qui ont vécu là me fascine. Le guide commente des photos noir et blanc du siècle dernier. J'avance, captivé. Je me sens incroyablement proche d'eux, peut-être parce qu'ils sont une famille et que je suis orphelin. Ils étaient quatre. Nous aussi on aurait dû être quatre. Avec Oriana.

L'*estancia* a été construite en 1914 par un couple de pionniers, Percival et Jessie Masters, partis de Glasgow pour vivre à Buenos Aires. Leurs enfants Herbert et Cristina avaient onze et neuf ans quand ils sont arrivés dans cette vallée perdue sur un petit bateau construit par leur père. Ils ont vécu pendant des mois sous une tente, le temps de bâtir leur maison avant les premières neiges. Leur seul contact avec l'extérieur était une station de radio. Ils ont élevé douze mille moutons, trente bovins et cinquante chevaux, répartis sur vingt-deux mille hectares, c'était énorme. Puis Herbert est parti faire ses études à Buenos Aires. Cristina, restée pour aider ses parents, est tombée malade, elle est morte à vingt ans. Percival et Jessie ont donné son nom au ranch.

Au départ, le gouvernement leur avait promis qu'au bout d'un certain nombre d'années la terre serait à eux et que leurs enfants en hériteraient. Mais alors qu'ils atteignaient la date butoir, le nouveau gouvernement a décidé de conserver leurs terres. Les Masters n'en seraient jamais propriétaires, ils pourraient seulement y vivre jusqu'au décès du dernier membre de la famille.

En 1966, Percival et Jessie, âgés, ont eu besoin d'aide pour s'occuper du ranch. Janet, une jeune veuve écossaise, les a rejoints. Après leur décès, Herbert est revenu s'occuper de l'*estancia* avec Janet. Il avait quatre-vingts ans quand il l'a épousée. Pour lui permettre de rester là, ou parce qu'il était amoureux d'elle, ou pour les deux raisons à la fois. Eux, au moins, ils ont convolé en justes noces. Lorsqu'il est mort, deux ans plus tard, Janet a abandonné l'élevage et ouvert des chambres d'hôtes. On la voit sur une photo, vieille dame à cheveux blancs entourée d'hommes en pulls de ski.

Janet est partie là où on va après en 1997. L'*estancia* est désormais une étape d'excursion et un lodge avec des chambres. On ne peut y accéder que par bateau, comme à Groix.

Dans mon île, les vestiges du camp gaulois de Kervédan datent de l'âge de fer. Ici, il n'y avait rien avant 1914. L'odeur, gênante quand on rentre sous l'ancien hangar à tonte, est rapidement supportable. Ça sent la poussière, la vieille laine et les peaux de mouton. Deux grands cadres renferment ce que je prends d'abord pour des diplômes. Le 11 novembre 1898, à Glasgow, le frère Percival a été fait membre de la Royal Ark Mariner Lodge. Plus tard, il est devenu compagnon des Knights of the Red Cross. Et ça me touche parce que papa m'a raconté que *peupé* aussi appartenait à une loge, il prenait le bateau pour retrouver ses frères à Lorient, ils voulaient améliorer le monde. À sa façon, Percival Masters était le frère de mon grand-père.

La visite se poursuit, objets, meubles, souvenirs, et la boîte aux lettres. À Groix, William le Rouquin Marteau fabrique des boîtes multicolores en forme de bateau avec une porte fermée par un loquet. Ici, c'est un vieux poêle en forme de fusée avec un toit pointu et des pieds isolés du sol enneigé. Les habitants du ranch déposaient leurs lettres dedans. Quand les bergers voyaient le drapeau rouge levé au-dessus du poêle, ils prévenaient le facteur qui mettait deux jours pour venir à cheval. Le courrier voyageait ensuite par train et sur la mer. On se croirait dans un film. Herbert et sa famille sont venus en bateau. On dit que saint Tudy a traversé vers Groix au Ve siècle sur un menhir de pierre. Moi aussi j'ai grandi devant des moutons : pas les animaux à quatre pattes, l'écume blanche sur les vagues.

— Vous devez avoir faim, suggère le guide pour laisser la place au groupe suivant.

On nous sert un *asado* patagon, un agneau cuit au gril, dans le restaurant qui était autrefois la maison de la famille. Tifenn boit un verre de malbec. Je mange en silence, les yeux rivés sur la fenêtre. Une troupe de touristes débarque, menée par une jeune femme blonde. Oriana est une évidence, elle ressemble à papa en fille, pas à Claire. Le guide me désigne. Elle nous rejoint à l'intérieur, s'approche de notre table. Tifenn pâlit, pourtant l'agneau *asado* est bon.

— *I'm* Oriana Virasolo.

— Dom Le Goff. Tu parles français ?

— Oui.

Mon nom ne lui dit visiblement rien.

— Tu voulais me voir ? demande-t-elle.

— Tu as de la famille en Bretagne.

— Oui mais je ne les connais pas. Comment le sais-tu ?

— Notre père était très attaché à son île. Il est mort il y a trois semaines.

— Je te présente mes condoléances.

Elle ne semble pas concernée. Je m'énerve. Elle aurait dû être avec moi au premier rang de l'église le jour de l'enterrement. Heureusement j'avais Mathilde.

— Je te parle de notre père, Oriana ! Celui sans qui tu ne serais pas là.

— Il avait un rapport avec l'*estancia* ? demande-t-elle, surprise.

J'éclaircis le malentendu.

— Il avait un rapport avec toi et moi. Il était notre père. N-O-T-R-E père.

Elle écarquille les yeux, secoue la tête.

— Je crois que tu te trompes de personne.

— Non. Il a laissé une assurance-vie à partager entre nous deux. Tu es ma sœur. Je suis ton frère.

Elle hausse les sourcils, elle me prend pour un dingue. J'enfonce le clou.

— Ma mère nous a quittés pour te rejoindre.

— Ta mère ?

— Oui. La mienne et donc la tienne aussi.

Elle cherche du secours auprès de Tifenn dont le visage fermé ne lui est d'aucune aide.

— Pardon mais je suis perdue. Tu dis que *ma* mère t'a quitté ?

— Il y a cinq ans.

— Pour *me* rejoindre ?

J'acquiesce.

— Je ne comprends rien à ton histoire. Allons-lui demander.

— Hein ?

— Je vais l'appeler.

Un espoir fou m'envahit. Claire a glissé sous le glacier, mais elle n'a pas gelé, elle a été recueillie par un navire. Elle n'est pas rentrée en France. Elle est vivante !

— Téléphone-lui tout de suite.

— Pas besoin de téléphoner, elle est là-bas.

Oriana désigne les chambres d'hôtes, à l'autre bout du plateau.

— Elle vit ici ?

— Évidemment. Tiens, regarde, la voilà.

J'ai le souffle coupé. Claire vient de sortir. Ses cheveux blonds sont plus longs que dans mon souvenir. Elle est mince, elle porte des lunettes de soleil. Elle marche vers nous. Est-ce qu'elle va me prendre dans ses bras ou me repousser ? J'ai changé en cinq ans. Maman. Je t'en prie, reconnais-moi. Claire. Maman. Pourquoi tu m'as laissé seul ?

— Stop, dit soudain Tifenn.

Elle se dresse, tandis que maman traverse le plateau, un panier au bras. Un client s'avance, l'intercepte. Je me lève, mes genoux ploient, je veux courir vers elle.

— Stop ! répète ma tante en encerclant d'une main de fer mon poignet valide.

Tifenn

Ton fils croit que sa mère est vivante, cette scène m'est insupportable. Je lui laisse quelques secondes d'espoir avant de le crucifier. Je ne voulais pas venir ici. Il y a dix-huit ans, c'était la fin du bonheur et de l'insouciance, j'ai rayé l'Argentine du globe. Elle vient de me revenir en pleine figure comme un boomerang. J'inspire à fond. Il va être anéanti. Il ne sera pas le seul, je vais morfler aussi.

— Oriana n'est pas ta sœur, Domino, dis-je. Sa mère s'appelle Soledad Virasolo.

Dom

Oriana, éberluée, nous dévisage tour à tour.

— Vous connaissez ma mère ? demande-t-elle à Tifenn.

Ma tante grimace et desserre son étreinte autour de mon poignet.

— Nous ne nous sommes jamais rencontrées. Oriana est ta cousine germaine Domino, pas ta sœur.

Maman se débarrasse du client et reprend sa marche vers nous. Je la vois de mieux en mieux. Je suis en sueur. Des points noirs explosent devant mes yeux. Ma vue se trouble. Le plancher tangue. Elle entre dans la salle du restaurant. Tifenn a raison. Maman n'est pas maman. Je ne parle plus à Tifenn depuis deux jours, mais j'ai besoin de savoir la vérité.

— Comment ça, ma cousine ?

— *Ven mamá*, appelle Oriana.

La femme inconnue approche.

— *Hi, can I help you ?*

— Tu m'as dit que mon père était breton, *mamá*. Ce garçon prétend que je suis sa sœur, que notre père est mort il y a trois semaines et qu'il m'a laissé de l'argent.

Soledad Virasolo pâlit.

— Ton père est mort avant ta naissance, dit-elle avec un fort accent espagnol.

Oriana se tourne vers moi.

— Tu vois, tu te trompes de personne.

Mes oreilles bourdonnent, mes jambes flageolent.

— Si tu n'es pas sa fille, pourquoi il te laisse cinquante mille euros ? Et j'ai reçu une lettre de condoléances d'un monsieur qui a rencontré mes parents en Argentine il y a dix-huit ans alors que maman attendait ma sœur. C'est forcément toi. Tu es le portrait de papa.

Je demande à Soledad :

— Vous l'avez adoptée, c'est ça ?

Elle passe un bras protecteur autour des épaules d'Oriana. Un homme s'approche, tapote sa montre pour les rappeler à leurs devoirs.

— *Ahora no*, Miguel, coupe Soledad.

Il s'éloigne, surpris. Elle prend les mains d'Oriana dans les siennes et la regarde comme si elles étaient seules au monde.

— *Preciosa*, tu es ma petite fille chérie. Ton père était français. Et marié.

— Oui, avec ma mère, je répète pour clarifier la situation.

— Non, Domino, avec moi, intervient Tifenn.

— Quoi ?

Mes yeux papillotent.

— Mais toi, tu n'as pas d'enfant ? dis-je bêtement à ma tante.

— Moi, non. Mais Yannig en a eu un avec Soledad. Oriana est leur fille.

Les pièces manquantes du puzzle se mettent en place.

— C'est pour ça qu'elle ressemble à papa ?

Tifenn hoche la tête.

— L'homme qui t'a écrit avait rencontré Yannig, pas Yrieix. Et Soledad, pas ta maman.

J'ai la gorge en papier de verre et je suis largué.

— Je ne voulais pas venir ici, poursuit Tifenn. J'ai seulement accepté parce que j'ai promis à ton père et à Yvette Meunier de te protéger.

— Yvette ?

Elle a un drôle de sourire.

— Une vieille amie commune. Quand Yannig est mort en sauvant ces plaisanciers, je venais de découvrir qu'il partait rejoindre Soledad pour la naissance de leur fille.

C'est vraiment n'importe quoi. Tifenn braque son regard sur Soledad.

— Mon mari voulait me quitter pour vous. Il est mort avant. Je suis depuis dix-huit ans la veuve du héros.

Elle se tourne à nouveau vers moi.

— Pendant seize ans, je n'ai pu aimer personne d'autre. La pression était écrasante. On ne m'aurait pas pardonné de refaire ma vie. J'ai assisté chaque année à la messe des marins disparus, aux réunions des amis des sauveteurs en mer. Tout le monde pleurait mon mari infidèle. J'étais piégée.

— Il vous aimait, l'interrompt Soledad.

Tifenn hausse les épaules.

— Ma colère s'est apaisée avec le temps, pas ma déception. Nous rêvions d'avoir un fils, je venais de tenter une fécondation in vitro. Mais vous avez croisé sa route.

— Il y a quelque chose qui m'échappe : si Oriana n'est pas ma sœur, pourquoi elle hérite de papa ? dis-je, obstiné.

— Ton père tenait à aider sa nièce. Après la disparition de Yannig, j'ai demandé à Yrieix de se charger de la succession. Yrieix a contacté Soledad. La veille de sa mort, Yannig m'avait dit qu'il voulait reconnaître Oriana, mais il n'a laissé aucune instruction écrite à son sujet, il croyait avoir la vie devant lui. J'ai fait une donation à Soledad, prélevée sur l'héritage, en stipulant que je ne voulais jamais avoir affaire à elle ni à l'enfant.

— Vous avez été très généreuse, murmure Soledad. J'avais vingt-deux ans à l'époque, j'étais seule, je n'aurais pas pu me débrouiller…

— Je vous haïssais mais je voulais me regarder dans la glace sans vomir, crache Tifenn.

Elle poursuit en s'adressant à moi :

— Yrieix a fait ce qui lui semblait juste avec son assurance-vie. Nous en avions parlé ensemble.

Ma tante a aimé les deux frères Ar Gov puis elle les a perdus. Mon oncle l'a trompée. Je ne lui en veux plus autant.

Le silence retombe. Les touristes quittent la salle, il n'y a plus que nous dans la maison construite par Percival pour sa famille.

— Un notaire français m'a contactée hier, *querida*, dit Soledad à sa fille. J'attendais le moment propice pour te l'annoncer. Ton oncle te lègue une grosse somme, l'équivalent de deux millions de pesos argentins.

Oriana écarquille les yeux sans parvenir à articuler un mot.

— Je dois vous laisser, dit Soledad à Tifenn. Mais il faut absolument que je vous parle avant votre retour en France.

— Nous repartons après-demain pour Buenos Aires puis Paris, dit froidement ma tante.

— Accordez-moi une heure, je vous en prie.

Tifenn se lève comme si elle n'avait rien entendu.

— Je t'attends dehors, Dom.

Puis elle quitte la salle sans se retourner.

— Elle aimait mon oncle Yannig, dis-je à Soledad. Et elle a rendu mon père un peu plus heureux.

J'ai perdu une sœur et gagné une cousine. Je repars avec le mail et le numéro de portable d'Oriana. Je rejoins Tifenn sur le bateau. On ne s'est pas parlé à l'aller, on va se rattraper.

— Tu es plus belle que Soledad, dis-je doucement.

Chacune est belle à sa façon mais elle a besoin d'être réchauffée. L'amour est un *serial killer*. Plus tard, je serai célibataire comme Gaston.

— J'ai quatre cadeaux pour toi à Paris, annonce ma tante.

Elle compte sur ses doigts.

— Une boule de sulfure, une manille, un stylo et Astérix.

— C'est toi qui les as ? Je croyais que Désir avait fouillé les poubelles ! Je les avais jetés après avoir reçu la lettre d'Inde.

— Je les ai récupérés au milieu des ordures. Et puisque nous en sommes aux confidences, je t'ai même suivi jusqu'à Lorient quand tu as fait l'école buissonnière. J'ai pris le même train que toi, sans billet.

Le soleil se couche sur l'immense lac. Ce matin, j'étais épaté par les morceaux de glace bleue qui flottaient et je courais de bâbord à tribord en brandissant mon iPhone pour les photographier. Ce soir ils ne m'impressionnent plus. Quel courage il a fallu à Percival pour quitter Glasgow, laisser tomber ses parents, ses amis, ses frères de la Royal Ark Mariner Lodge et des Knights of the Red Cross. Quel courage il a fallu à Jessie pour le suivre. Et à Janet pour s'installer dans cette vallée isolée. Quel courage il a fallu à Claire pour renoncer à nous et s'exiler en Patagonie.

On débarque trois heures plus tard à Punta Bandera. Un chauffeur nous reconduit à l'hôtel. Des lièvres surgissent dans la lumière des phares. Je comprends que Tifenn ne veuille pas parler à Soledad. Le lodge éclairé brille dans la nuit.

En arrivant, j'écris à Mathilde sur WhatsApp que j'ai réussi : papa a rejoint maman, mais ma sœur est ma cousine. Puis avec Tifenn nous marchons vers l'autre bout du lodge. Je m'arrête dans le salon pour remettre le disque de Jorge Drexler, j'ai cherché sur Internet, il est uruguayen, et médecin comme Claire. On nous installe à une table éclairée aux chandelles devant la pampa obscure. Des touristes rient fort. Des amoureux en voyage de noces se tiennent la main. Un homme triste dîne seul. Ma viande est aussi tendre qu'un gâteau. Je rembobine la journée. Aujourd'hui j'ai appris que les rêves soulèvent les montagnes et apprivoisent les glaciers. Et je me suis réconcilié avec ma tante. Son mari l'a trahie, elle méritait papa. Soledad et Oriana entrent alors que je savoure mon dessert. Tifenn se raidit.

— Il faut que je vous parle, lui dit Soledad. Terminez votre dîner, nous attendrons à côté.

Ma tante soupire et repousse son assiette.

— Puisque vous êtes là, finissons-en.

Elles sortent sur la terrasse de bois tandis que j'emmène ma nouvelle cousine dans le grand salon. Elle feuillette un livre sur la décoration d'intérieur ouvert sur une table basse.

— Je veux être architecte, mais on n'a pas les moyens, dit-elle.

Je me demande ce que sa mère et ma tante se racontent.

Tifenn

Je m'emmitoufle dans le grand plaid posé sur mon transat. Je n'ai pas envie de parler à la maîtresse de Yannig. Je ne veux pas rouvrir les vieilles blessures à peine cicatrisées. Nous avons dix ans de différence, elle est plus lumineuse, plus souple, plus sexy, plus vive. Tout à l'heure, j'ai été bouleversée en découvrant le destin de Janet, l'étrangère, la dernière arrivante, la jeune veuve laborieuse, tombée en amour pour cette terre dont elle est devenue dépositaire après la mort des autres. Comme elle, j'étais une étrangère chez les Le Goff, et j'ai survécu à ceux que j'aimais.

— Comment êtes-vous arrivée à l'*estancia* ? dis-je à Soledad.

— En la visitant. Ils cherchaient une gouvernante. Oriana avait huit ans, je lui ai proposé ce pari fou, elle a accepté. Elle a fait sa scolarité par correspondance au milieu de paysages grandioses. Elle aspire désormais à autre chose.

— C'est pour ça que vous êtes venue ?

— Non.

Des chevaux passent devant la terrasse, ils suivent un homme qui porte un seau. Des oiseaux volent bas, j'espère que ce ne sont pas des chauves-souris. Mes mains se crispent sur les accoudoirs du transat. Je repousse ce moment depuis dix-huit ans. J'avais confiance en Yannig, il voyageait souvent pour son travail, mon job de traductrice me permettait de vivre où je voulais, nous habitions Groix la moitié de l'année, je nous croyais heureux. Jusqu'à cette terrible soirée.

— J'ignore ce que vous voulez m'infliger, mais allez-y, puis partez.

— Prenez une polaire.

— Ce plaid me suffit.

— Pas pour l'endroit où je vous emmène, croyez-moi.

— Je n'ai pas l'intention de bouger, nous nous sommes levés tôt ce matin.

— C'est indispensable, insiste Soledad. Allez chercher un vêtement chaud.

Je la fixe, excédée. Et soudain je la vois vraiment, avec ses rides de fatigue et ses pattes-d'oie de sourire, son regard franc. Je l'aurais trouvée sympathique si elle n'avait pas cambriolé le cœur de mon homme.

— Où allons-nous ? dis-je, capitulant.

— Pas loin, à soixante-dix kilomètres.

La camionnette file le long du lac Argentino que nous laissons bientôt derrière nous. Des maisons éclairées jaillissent de l'ombre, puis nous fonçons dans le noir, en silence. Il y a un mois, je me glissais une dernière fois dans le lit de mon amoureux à Montparnasse. Ce soir, la maîtresse du mari dont je suis la veuve roule à tombeau ouvert vers l'inconnu. Yrieix a si intensément rempli ma vie, depuis deux ans, qu'il a effacé la trahison de Yannig. On n'oublie jamais un ancien amour, son souvenir émigre sur l'étagère du haut avec les livres d'enfance et les photos de jeunesse. J'ai relégué à la cave l'album de notre mariage, j'y suis radieuse avec un chignon atroce qui me tirait les cheveux et une robe ravissante, lui est beau comme un jeune dieu, tignasse décolorée par l'océan, splendide et mal à l'aise dans son costume. Il avait insisté pour sauter par-dessus le trou de l'Enfer selon la tradition de l'île. Nous avions bu du champagne sur la plage des Sables rouges avec la famille et les amis avant de partir en voyage de noces sur un voilier.

— On arrive bientôt ?
— Plus que trois quarts d'heure.

Elle conduit, concentrée. Je n'y vois rien, je suis myope et j'ai oublié mes lunettes. J'ai l'impression que la voiture se précipite à chaque tournant vers un mur noir qu'elle ne percute jamais, virant juste au moment de se fracasser contre l'ombre. J'ai envie de tendre la main et de tourner brusquement le volant. Nous bondirons dans le fossé avant de nous écraser contre un arbre dont je ne sais pas le nom. Mes doigts picotent de plaisir anticipé, ce serait si facile. Un geste et hop, vengée. Bousillée, lavée de l'affront, libérée du chagrin. Les deux femmes du héros pulvérisées sur une route patagonne, quelle apothéose ! Soledad regarde devant elle, sereine.

Les cahots me bercent, je m'octroie un répit. Le lac Guillermo, ce matin, était le plus bel endroit du monde, pétrifiant de beauté avec ses eaux d'un turquoise surnaturel devant le glacier blanc et bleu. Le Petit Prince aurait mieux fait de tomber du ciel là, plutôt que dans le désert. Saint-Exupéry a d'abord travaillé pour l'Aéropostale au Maroc où il survolait le désert, il a écrit *Courrier Sud*. Puis il est parti à Buenos Aires créer la ligne de Patagonie, il a écrit *Vol de nuit*. Si son enfant blond était apparu sur un morceau de glace flottant, il n'aurait pas rencontré un aviateur, mais un marin dans le genre de Yannig.

Yrieix j'ai tenu ma promesse, j'ai protégé Dom. De chrysalide il deviendra papillon, il prendra son essor malgré l'absence de ses parents. Je viens de lui offrir une cousine. Il n'a plus besoin de moi, je peux lâcher prise. Agripper le volant et quitter la route avec élégance. Si le paradis existe, avec quel frère passerai-je mon éternité ? Aurai-je encore Soledad dans les pattes, là-haut ?

Je ne crains pas la mort. Mon corps se raidit, je vais plonger sur la gauche. Je répète mon geste en pensée, il ne faut pas qu'elle puisse redresser la direction, j'aurai l'avantage de la surprise. On va sans doute mourir sur le coup, carrosserie pulvérisée, membres désarticulés, crânes disloqués, rideau. Je souris à l'idée de passer l'arme à gauche en jean, baskets et veste polaire couleur sang. La police préviendra le lodge. Oriana pleurera, Dom se refermera dans sa coquille, ils se feront béquille pour s'entraider, ça les rapprochera.

— Le lac Guillermo est ensorcelant, dit soudain Soledad. On est obligés de compter les touristes qu'on y emmène, il y en a toujours qui s'écartent du groupe et restent sur place, hypnotisés.

— C'est un endroit fantastique. Yannig y est monté ?

Elle secoue la tête. Il y a dix-huit ans, pendant la tempête, mon mari a réussi à ramener les naufragés sur le canot de sauvetage. Puis, harassé de fatigue, il a été balayé par une lame et s'est fracassé le crâne. Il est mort sur le coup. Il souriait, il n'a pas eu peur, m'ont dit les gars du canot pour adoucir ma peine. Il souriait à l'enfant qui allait naître, pas à moi.

— Il vous aimait, dit Soledad pour la deuxième fois de la journée.

— Épargnez-moi ce couplet. Il m'aimait ? C'est pour ça qu'il a couché avec vous ?

Le volant est large et cranté, les doigts s'y accrochent. Je vais pousser Soledad, elle perdra la maîtrise de la voiture qui valdinguera. Je lance le décompte en cherchant dans ma mémoire des images positives. Cinq. Yannig et moi, avec vingt ans de moins, enlacés sous le crachin breton sur le *Kreiz er Mor*, le roulier de l'époque. Quatre. Yannig et moi blottis devant le feu à Kerlard en hiver, un verre de whisky à la main, décidant de faire un bébé pour

Noël. Trois. Yrieix à Paris il y a deux ans, murmurant : « Nous étions amis, mais ce n'est plus le cas : je te perds si je te dis que je t'aime ? » Deux...

— On y est !

Soledad arrête la voiture devant une barrière à l'entrée du parc national Los Glaciares. Un homme sort d'une guérite, s'approche, l'air pas content. Le Perito Moreno est fermé la nuit, forcément. On va devoir rebrousser chemin. Le visage du garde s'adoucit en reconnaissant la conductrice. Ils discutent en espagnol puis, contre toute attente, il lève la barrière et nous laisse passer.

— Un ami ?

— Un collègue, j'ai travaillé ici.

— Votre amant, lui aussi ?

Soledad sourit au lieu de se froisser.

— Vous trouvez ça drôle ?

— Oui, parce que je n'aime plus les hommes.

Je ne m'attendais pas à cette réponse.

— Tout ce que je veux c'est le bonheur de ma fille, ajoute-t-elle. On va se garer là.

La camionnette est seule sur ce grand parking, devant une boutique de souvenirs, rideau baissé, portes closes. Les touristes sont à l'hôtel, le personnel est rentré chez lui, l'immense glacier aigue-marine long de trente kilomètres ressemble à un fantôme sous la lune argentée.

— Regardez où vous mettez les pieds.

Nous marchons dans le noir sur des passerelles

bordées de deux rambardes. Le géant aux entrailles bleues ne dort pas, il se manifeste et craque tout le long de notre descente. La femme que je vais tuer m'explique que le glacier a une surface totale de deux cent cinquante kilomètres carrés. C'est colossal, Paris fait cent cinq kilomètres carrés. Le Perito Moreno est un des seuls glaciers qui ne régresse pas à cause du réchauffement climatique, il avance de deux mètres par jour. Je suis toujours Soledad, subjuguée par les hurlements et les grognements du mastodonte qui alterne coups de tonnerre et chuintements. Des pans de glace tombent en soulevant des vagues. Je ne songe pas à Dom, bien à l'abri au lodge avec Oriana, je vibre au rythme de la colère du colosse hérissé de pointes, de spirales, de crevasses. La mort peut attendre, il n'y a pas le feu au lac. Nous traversons des balcons où les touristes s'agglutineront dans quelques heures, feront des *selfies*, boiront du maté, gesticuleront en se filmant. C'est un lieu parfait pour mourir.

— Les parois émergées ont la hauteur d'un immeuble de dix-sept étages, lâche Soledad en atteignant le bas des passerelles.

Elle se tient au bord, confiante. Je vais la pousser, plonger et lui maintenir la tête sous l'eau. Elle s'assied sur le ponton de bois où s'amarrent les bateaux qui emmènent les touristes près du front glaciaire.

— Je peux te tutoyer ? Tu m'as demandé si ton mari était allé à l'Estancia Cristina, j'ai répondu non. Mais il est venu ici.

Mes mains se crispent au fond de mes poches. Je me poste derrière elle. L'ogre blanc aux veines bleues hurle puis son cri s'étrangle et se change en plainte douloureuse. Des aiguilles de glace transpercent le lac. Une couronne gelée se forme là où elles ont disparu. Soledad ne se méfie pas. Je m'approche encore plus près. Une couronne se formera là où son corps crèvera la surface.

— Il ne voulait pas rester avec moi, Tifenn. Il te serait revenu. On ne s'aimait pas, on se connaissait à peine.

— Alors quoi ? C'était un coup d'un soir ?

— Tu ne comprends pas.

J'imagine Yannig en train de descendre les passerelles de sa démarche souple de marin. Il était venu en Amérique du Sud pour rencontrer des producteurs de vin, il m'avait offert de l'accompagner. J'avais refusé, nauséeuse à cause des piqûres d'hormones, investie à plein dans ma furieuse bataille pour avoir un enfant, donner la vie, être comme les autres. Tellement engagée dans la bagarre que j'en ai oublié que nous étions deux. Si j'avais été là, Yannig n'aurait pas rencontré Soledad, elle n'aurait pas été enceinte de lui. Neuf mois plus tard, la veille de sa mort, je n'aurais pas découvert qu'il partait la rejoindre. Je ne lui aurais pas balancé des horreurs à la figure. Il n'aurait pas forcé sur les bières avec la bande du 7 puis au Ty Beudeff. Il aurait eu l'esprit clair le lendemain pour sortir dans la tempête sauver ces inconscients.

— Tu voulais un enfant de lui, reprend Soledad. Moi, je n'avais plus confiance dans les hommes. Le mien me battait et me violait à Resistencia, au nord du pays, je me suis enfuie vers le sud. Je gagnais ma vie ici, j'étais guide, j'encadrais les excursions en kayak au pied du glacier. J'avais toujours peur de voir ce démon de Javier débouler pour me récupérer de force. C'est ce qui s'est passé. Ton mari m'a défendue.

Je ricane :

— Le beau chevalier blanc devant le grand glacier bleu, quel conte de fées !

— Tu as entendu parler des ruptures ?

Je serre les dents.

— J'ai rompu avec mon mari la veille de sa mort à cause de toi.

Elle secoue la tête.

— Pas ce genre de rupture. Le Perito Moreno, en avançant de deux mètres par jour, bouche le bras Rico où nous sommes et coupe le lac en deux. La différence de niveau atteint parfois trente mètres. L'eau se faufile sous la glace, creuse des tunnels, dessine des arches. Le bras Rico pousse sur le glacier jusqu'à ce que l'arche s'effondre. Alors le front du glacier explose et se fracasse dans l'eau, c'est la rupture, ça a lieu environ tous les cinq ans. Quand ça se produit, les passerelles du bas sont impraticables, les touristes restent à l'abri en haut, le lac devient agressif et tumultueux. Puis il se calme, on rouvre les passerelles, les touristes déferlent, le glacier se remet à avancer.

Elle soupire.

272

— Javier a fini par retrouver ma trace, juste avant une rupture. L'atmosphère était électrique, on prévoyait de fermer aux touristes le lendemain, tout le monde était tendu. Il s'est inscrit pour l'excursion en kayak avec des Américains, des Allemands et un Français, ton mari. Javier se planquait derrière une casquette, des lunettes noires et une barbe de bûcheron, je ne l'ai reconnu qu'une fois sur l'eau. Il m'a lancé un sourire cruel. Je me suis mise à trembler, j'ai laissé échapper ma pagaie, j'étais fichue. Il s'est approché pendant que les autres admiraient le glacier, il a rangé son kayak bord à bord avec le mien, il a dit : « Tu m'as manqué », avec dans ses yeux la haine et la folie d'autrefois. Je ne l'avais pas revu depuis qu'il m'avait traînée par les cheveux à travers notre appartement, ses forces décuplées par la rage et l'alcool. J'étais enceinte de sept mois, j'attendais un petit garçon, je voulais l'appeler Gonzalo. Il m'avait donné des coups de pied dans le ventre jusqu'à ce que je m'évanouisse, puis il était retourné danser le tango. C'était son métier, il travaillait dans une *milonga* comme taxi-boy, invitait les étrangères à danser. Les cheveux brillantinés, il les sollicitait d'un long regard appuyé et ces dindes le prenaient pour un dieu. Puis il rentrait à la maison me tabasser. Ce soir-là, des voisins m'ont aperçue par terre, inconsciente, on habitait au rez-de-chaussée. Ils ont enjambé la fenêtre et m'ont conduite à l'hôpital. J'ai perdu Gonzalo. J'ai emprunté de l'argent à ma voisine de lit, en lui donnant en échange la chaîne en or

de ma mère, et je me suis sauvée. J'ai pris tous les auto-
cars que je pouvais pour m'éloigner de lui.

Elle frissonne à ce souvenir.

— En arrivant en Patagonie, je me croyais en sécurité. J'étais là depuis un an.

Elle s'interrompt, submergée par l'émotion. Si je la
pousse maintenant je ne saurai pas la fin de l'histoire.

— Le jour où Javier est revenu, j'ai paniqué. Il a
posé sa main sur mon kayak, et prononcé la sentence
sans appel :

« Tu rentres avec moi. » J'ai secoué la tête, incapable de parler. Ton mari a repêché ma pagaie qui
s'était éloignée en flottant, il s'est approché pour me
la rendre. Javier a grogné : « Dégage ! » Ton mari l'a
ignoré et m'a demandé en anglais si tout allait bien,
j'étais paralysée, muette. Javier s'est écarté en me
soufflant d'un air menaçant : « Tu ne perds rien pour
attendre. » J'ai emmené le groupe près du glacier, je
grelottais de peur mais eux, fascinés par la falaise de
glace bleue, ne remarquaient rien. Javier et ton mari
décrivaient des cercles autour de mon kayak en une
danse macabre. J'aurais voulu rester sur le lac mais
j'étais obligée de ramener les clients au bord. Je suis
montée sur le quai stabiliser les kayaks le temps qu'ils
en sortent. Ils sont partis continuer leurs vies insou-
ciantes. Je me suis retrouvée seule face à Javier.

J'écoute, atterrée. Je signe les pétitions contre les
violences faites aux femmes, je compatis à la détresse
des femmes battues, mais je n'y ai jamais été confron-
tée. J'ai vu des Groisillons en bordée, *çuici il tient une*

274

bonne beudazée, mais ils ne levaient pas la main sur leurs femmes, sinon elles les auraient foutus à la baille.

— Javier m'a traînée jusqu'à sa voiture. Pas par les cheveux, par le coude cette fois, il me serrait à me faire crier de douleur, avec un large sourire enjôleur, je n'avais plus la force mentale de me débattre. Il s'était garé au bout du parking, après les cars de touristes. Je ne pouvais pas appeler au secours, mes jambes avançaient malgré moi. Il a ouvert la portière de droite, m'a jetée dans sa voiture de force en me cognant la tête contre le pare-brise. Une voix s'est élevée derrière nous. C'était ton mari.

Je frémis.

— Il m'a demandé si je voulais partir avec Javier. J'ai réussi à secouer la tête. Javier a grondé : « T'occupe pas de ça. Elle est à moi. » Ton mari a rétorqué : « Elle n'a pas envie de vous suivre. » Alors Javier est devenu dingue, il a sorti son couteau *gaucho* de l'étui accroché à sa ceinture et il s'est jeté sur lui en rugissant : « Je vais vous crever tous les deux ! »

Le visage de Soledad est aussi blanc que la lune au-dessus de nous.

— Ils ont roulé par terre. Le glacier hurlait pendant qu'ils se bagarraient derrière un car. Il n'y avait personne à cet endroit du parking. J'ai vu des bouteilles de *cerveza* vides sur le plancher de sa voiture, j'en ai empoigné une. J'étais trop jeune pour mourir. Javier avait blessé ton mari à l'épaule, son regard était dément. Je l'ai frappé à l'arrière de la tête pour l'assommer, pas assez fort. Il s'est retourné, a levé son couteau en visant ma poitrine. Au moment où il abattait son bras, ton mari s'est jeté sur lui pour dévier le coup. Javier a voulu le frapper, dans le mouvement son coude s'est plié, et il s'est lui-même tranché la carotide. Il est mort comme ça sous nos yeux, les mains autour de son cou, ivre de rage, son sang giclait de son artère. Ça n'a pris que quelques secondes mais c'était horrible.

Je ferme un instant les yeux et je revois Yrieix, cessant de respirer pour larguer les amarres avec son élégance coutumière, en éternel gentleman.

— J'étais là, poursuit Soledad, avec le cadavre sanglant de cette ordure et cet étranger que je n'avais jamais vu avant. Personne ne nous croirait. On allait forcément nous prendre pour des amants. La condition des femmes dans les prisons argentines était très dure. J'échappais à un ogre pour tomber dans les griffes de loups. J'ai prévenu ton mari de ce qui nous attendait, et je lui ai raconté ma vie avec ce bourreau. Javier avait tué mon bébé, il allait briser notre avenir.

Elle s'interrompt, émue par l'évocation de ces minutes terribles.

— On a mis Javier sur la banquette arrière, sous une couverture. J'ai pris le volant et j'ai roulé jusqu'à un endroit isolé que je connaissais au bord du lac. La blessure de ton mari à l'épaule n'était pas trop grave, je l'ai bandée avec mon foulard. Le soir est tombé, la lune était masquée par les nuages, les touristes sont partis, le parc national a fermé. On a installé Javier derrière son volant en lui enlevant son portefeuille, ses papiers et tout ce qui pouvait servir à l'identifier. On a enlevé les plaques de la voiture avant de la pousser dans l'eau glacée. Elle y est encore.

Elle expire pour évacuer la douleur et la peur.

— Je n'ai plus entendu parler de lui. C'était un salaud, personne ne l'a cherché. On a marché à travers la forêt, puis fait du stop, des touristes danois nous ont ramenés à El Calafate. Ton mari m'avait sauvé la vie, nous étions liés par ce crime. Je n'arrivais pas à m'arrêter de trembler.

Les yeux rivés sur le lac, elle poursuit d'une voix sourde :

— Je n'avais connu aucun homme depuis que je m'étais enfuie de l'hôpital à Buenos Aires. Pourtant j'étais jeune et jolie, les occasions ne manquaient pas. Je pleurais la perte de Gonzalo. J'avais décidé que je n'étreindrais plus jamais personne. Même si je rêvais encore d'être mère.

Des cernes noirs creusent son visage aux pommettes saillantes. Elle a dû être ravissante mais elle est usée.

— Je partageais un appartement avec d'autres guides, je n'étais pas en état de voir mes collègues, je n'avais pas confiance en eux. J'ai demandé à ton mari de me ramener avec lui, à son hôtel. On était tous les deux sous le choc. Il m'a fait couler un bain, je suis restée gelée malgré l'eau brûlante. Il m'a forcée à manger des *empañadas* et à boire un verre de vin, je n'avais rien avalé de la journée. J'étais épuisée, j'ai vite sombré dans un sommeil lourd. J'ai rêvé que Javier sortait du lac, ruisselant, furieux, le couteau fiché dans le cou, et qu'il venait se venger. Je me suis réveillée en hurlant. Plus question de dormir, on a parlé toute la nuit. Ton mari m'a raconté votre histoire, votre amour, ton chagrin et vos efforts pour avoir un enfant. Je lui ai parlé de Gonzalo. J'ai crié plus jamais d'homme, plus jamais de peau contre la mienne, fini pour moi. J'ai dit pardon de vous avoir embarqué dans ce cauchemar. Il a répondu les hommes ne sont pas tous mauvais. On a fini le malbec. Je ne pouvais pas fermer les yeux sans revoir la voiture crevant la surface. Nous venions ensemble de tuer un homme. Nous étions responsables sinon coupables. Il ne voulait pas passer le reste de ses jours derrière des barreaux à onze mille kilomètres de chez lui. Il disait que sans toi sa vie n'aurait plus de sens.

J'entends ses mots et il me semble qu'elle parle d'un autre couple, pas de l'époux infidèle auquel j'en veux en secret depuis tant d'années.

— On avait franchi un point de non-retour. On ne pouvait plus être les mêmes.

Je cherche dans ma mémoire si Yannig m'a paru différent au retour de ce voyage, mais non. J'étais tellement obnubilée par mon désir d'être enceinte que je n'ai rien remarqué. J'ai pourtant vu la cicatrice sur son épaule, il a prétendu s'être blessé au cours d'une excursion, je n'avais pas de raison d'en douter.

— Ton mari répétait : « Il voulait nous tuer. On devrait être à la morgue sur une table d'autopsie à l'heure qu'il est. » Je répondais : « Plus jamais de douceur, plus jamais de Gonzalo.» On s'est enlacés pour ne pas devenir fous. Il n'y avait entre nous ni amour ni désir, nous étions chacun la bouée de sauvetage de l'autre. Il ne pensait qu'à toi, Tifenn. Mais il fallait qu'on se sente vivants, sinon on aurait sombré avec le cadavre englouti, tu comprends ?

Je me tais.

— On a chassé la mort qui nous collait à la peau, c'était le seul moyen. Le lendemain, ton mari m'a raccompagnée au Perito Moreno. La route passait au-dessus de l'endroit où on avait poussé la voiture. Les passerelles étaient condamnées, les touristes se pressaient en haut avec leurs appareils photo pour voir la rupture. On n'a même pas échangé nos coordonnées. Il m'a dit son prénom, je lui ai donné le mien. On n'avait aucune raison de se revoir. J'ai repris mon travail, je ne supportais plus de longer chaque jour le lieu où la voiture avait coulé. J'ai donné ma démission et j'ai été engagée dans un hôtel. Puis j'ai découvert que j'étais enceinte.

Nous y voilà.

— Ton mari voulait un enfant de toi, pas de moi. Je ne l'ai pas prévenu. Mais le bébé se développait mal dans mon ventre, j'ai dû arrêter de travailler pour ne pas le perdre. Je connaissais le prénom de Yannig, j'ignorais son nom de famille et son adresse, je lui ai écrit aux bons soins de la station de sauvetage de Groix. J'étais jeune, sans argent. Je lui ai proposé de vous donner le bébé après sa naissance, pour qu'il grandisse en sécurité. Oriana ne le sait pas, je ne le lui ai jamais dit. Je me serais sacrifiée pour son bien. Vous auriez eu l'enfant dont vous rêviez.

— J'aurais refusé, dis-je.

— Il a repoussé mon offre. Il était persuadé que tu deviendrais bientôt mère. Il m'a envoyé de l'argent pour que je me repose jusqu'à la naissance. Je comptais le rembourser quand je reprendrais mon travail. Il est revenu dans la région en voyage d'affaires trois mois avant la naissance d'Oriana, il a emmené des collègues au Perito Moreno. J'ai déjeuné avec eux. On est tombés sur un diplomate français qui avait des amis à Lorient. Ton mari s'est présenté sous le prénom de son frère pour éviter une indiscrétion. Il devait revenir au moment de la naissance reconnaître officiellement sa fille, puis il serait rentré chez vous. Il n'a jamais eu l'intention de te quitter. Mais tu es tombée sur le compte rendu d'échographie avec ma lettre le prévenant que le bébé naîtrait prématurément. Et tu as cru à tort qu'il partait me rejoindre. Qu'Oriana meure à l'instant si je ne te dis pas la vérité !

Le glacier geint sur une note aiguë qui me fait sursauter. L'homme qui a écrit à Dom était en poste ici quand il a croisé leur route.

— Je t'ai apporté ce fax. Lis.

Le papier a jauni en dix-huit ans, l'encre a pâli. Les mots anglais jaillissent de la page pour cibler mon cœur comme des fléchettes dans un pub londonien. Je les traduis au fur et à mesure de ma lecture.

Soledad,

Ma femme a trouvé ta dernière lettre et l'écho. On s'est disputés, déchirés, elle ne m'écoutait pas. Je m'envole pour l'Argentine dans trois jours. Je reconnaîtrai notre petite fille pour la mettre à l'abri du besoin. Je rentrerai ensuite à Groix et je ferai tout pour que Tifenn me pardonne. Tu seras une merveilleuse maman. Un jour, quand le temps aura apaisé la fureur, vous viendrez en France et je vous ferai découvrir mon île. J'espère qu'Oriana y fera la connaissance d'un petit frère.

L'amour gagne quand la tempête retombe et que les navires regagnent le port.

Je vois flou à travers mes larmes. Il allait revenir. Il croyait que nous allions un jour avoir un fils. Il ne me quittait pas. Il m'aimait.

Je m'éloigne le long du rivage. Je me revois il y a dix-huit ans, fouillant dans le bureau de Yannig pour chercher un rouleau de scotch. J'ai écarté un paquet d'enveloppes vierges, aperçu le billet d'avion de son prochain voyage d'affaires en Amérique du Sud. Je l'ai ouvert pour vérifier l'horaire et calculer quel bateau il prendrait. Je suis tombée sur les conclusions d'un examen prénatal. Soledad lui parlait de leur enfant. La douleur m'a pliée en deux. Nous étions le sept du mois, Yannig était allé rejoindre notre bande d'amis chez Fred au Stang. J'étais enrhumée, barbouillée, je l'avais laissé y aller seul. Il est revenu des heures plus tard, souriant, me rapportant une part du tiramisu de Renata. Il m'a vue, le corps cassé, et s'est précipité, affolé. Je répétais comme un perroquet : « Pas toi, pas nous. » Il a voulu me prendre dans ses bras, je l'ai repoussé en criant : « J'ai trouvé la lettre de Soledad. » Il a tenté de se justifier. Je ne l'ai pas écouté. Je lui ai craché au visage. Ma salive coulait, vulgaire et pathétique, le long de sa joue.

Il a dit : « Ce n'est pas ce que tu crois, je vais t'expliquer. » J'ai hurlé : « C'est ton enfant ? Oui ou non ? » Il n'a pas nié, pulvérisant mon dernier espoir. J'ai craché : « Je te déteste, je hais la putain que tu t'es tapée, tu me dégoûtes ! » Il a essayé de se défendre mais je suis partie m'enfermer dans notre chambre.

Il est sorti. Je ne l'ai plus revu. Il est retourné chez Fred. C'est de chez elle qu'il a envoyé le fax à Soledad. Puis il a fini la soirée chez Beudeff dans la montée de Port-Tudy. Alain Beudeff officiait encore derrière son bar avec Jo Le Port, ça chantait, ça buvait. Yannig n'est pas rentré à la maison, il a terminé sa nuit sur un banc devant la capitainerie. Moi je dormais, assommée de chagrin et de benzodiazépines. Je n'ai pas entendu la tempête. Yannig, réveillé par les aboiements d'un chien, a vu les gars du canot de sauvetage qui embarquaient. Un voilier drossé par une déferlante avait enfourné par l'arrière, il s'était retourné. Yannig aurait dû refuser de sortir en mer, pourtant il y est allé. Je me suis levée, les yeux gonflés et la rage au cœur, j'ai bu mon café dans notre cuisine. Brusquement, ma radio s'est allumée toute seule et m'a fait sursauter. J'ai cru à un faux contact. Je l'ai éteinte. Deux heures plus tard, le patron du canot s'est encadré dans la porte, sa casquette à la main, le visage défait. Yannig était tombé après avoir sauvé le dernier plaisancier. Ma radio s'était allumée à la minute précise où il s'est fracassé le crâne.

Je ne tiens plus debout, je m'agenouille sur le ponton à côté de Soledad. *Kenavo d'ar wéh arall, ma n'é ket ar bedmañ, e vo èr bed arall.* Au revoir à la prochaine fois, si ce n'est en ce monde ce sera dans l'autre. Ton frère t'a dit quoi, Yrieix, quand tu l'as retrouvé là-haut? Que j'avais un sale caractère et pas assez confiance en lui?

Si j'avais donné un coup de volant pour nous envoyer dans le décor, la voiture aurait dévalé jusqu'au lac dans lequel Yannig et Soledad ont poussé le cadavre du meurtrier qui a anéanti notre amour. Le glacier mugit puis s'apaise. Un oiseau de nuit plane, ailes déployées. Je n'ai plus aucune raison de me venger.

— Comment as-tu su que Yannig ne reviendrait pas? dis-je.

— J'étais sans nouvelles de lui. Oriana est née. Je pensais qu'il nous avait laissées tomber. Puis son frère m'a écrit. Tu m'as fait cette donation, j'ai voulu refuser par orgueil. Mon bébé n'était pour rien dans nos histoires d'adultes, ils la gardaient en couveuse, elle avait besoin de soins. J'ai accepté pour son bien. Elle a survécu, grâce à toi.

Soledad me regarde droit dans les yeux.

— J'ai économisé des années pour te rembourser cette somme. Cet argent est à ta disposition.

Je hausse les épaules.

— On ne rend pas un cadeau.

— J'avais besoin d'aide, pas d'une aumône.

— Et moi j'avais besoin d'un mari.

Nous sommes à quelques mètres l'une de l'autre, devant le lac où toute l'histoire a commencé.

— J'ai froid. Ramène-moi.

À l'entrée du parc national, le gardien ressort de sa guérite pour lever la barrière et refuse le billet que Soledad tente de lui glisser.

— C'est une manie chez toi de payer les gens ? dis-je tandis que nous fonçons à nouveau dans la nuit.

— Je voulais mettre les choses au point. Régler ma dette.

— Tu te sens mieux ? Tu m'as fait un cadeau empoisonné. Tu viens de remplacer un mari volage par un héros au grand cœur, c'est pire.

Elle pile, la camionnette fait une embardée, s'immobilise sur le bas-côté. Soledad se tourne vers moi.

— S'il n'était pas mort, vous vous seriez réconciliés. Il est mort et deux hommes t'ont aimée, peu de gens peuvent en dire autant. Je n'ai pas eu droit à ce bonheur, même si j'ai ma fille.

Elle redémarre, accélère, la voiture avale la nuit à la lueur des phares.

— J'ai encore besoin de ton aide.

— Tu as foutu ma vie en l'air, ça ne suffit pas ?

— Oriana parle votre langue, je l'ai apprise aussi,

284

par respect pour ton mari. J'ai connu dix-huit ans le bonheur de vivre avec elle. Aujourd'hui, elle veut devenir architecte. L'assurance-vie léguée par son oncle peut lui permettre de réaliser ce rêve mais j'ai coupé les ponts avec ma famille en m'enfuyant de Resistencia. Je ne veux pas l'envoyer à Buenos Aires. J'ai pensé qu'elle pourrait faire ses études en France, à Paris. Elle me manquerait terriblement mais ça n'a pas d'importance, je ne m'appelle pas Soledad pour rien. Mon paradis est devenu sa prison. J'ai toujours su qu'elle s'en irait, on ne fait pas des enfants pour les garder auprès de soi.

Je ne vois pas en quoi ça me concerne, je ne vais pas tenir la main de sa fille. La voiture chasse dans un tournant, Soledad décélère.

— Le problème c'est que je ne peux pas gérer l'*estancia* seule, ajoute-t-elle. J'ai besoin d'une personne de confiance pour m'épauler. C'est très isolé. Il faut quelqu'un de solide, de responsable, de compétent, sans attaches.

Elle conduit les yeux rivés sur la route, les mains crispées sur le volant. Elle va avoir du mal à trouver l'oiseau rare.

— Tu parles anglais et français, Tifenn ?

Oui. Et alors ? Elle veut que je fasse passer des entretiens aux postulants ? Elle a un culot incroyable. Je me fiche de ses problèmes, qu'elle se débrouille.

— On ne se marcherait pas sur les pieds, poursuit-elle.

Qu'est-ce qu'elle raconte ? J'en ai assez d'elle, de cette nuit interminable, de ce passé qui m'étrangle.

— Réfléchis et donne-moi ta réponse demain soir.

— Ma réponse ? fais-je, éberluée. Je repars après-demain, je ne peux pas t'aider à trouver un cogérant et franchement je m'en fous. Tu vas me déposer, récupérer ta fille. On ne se reverra jamais et ça ne me manquera pas.

— Je ne te demande pas de m'aider à trouver quelqu'un. Je te propose d'être ce quelqu'un. Je suis très sérieuse.

Elle a fumé la moquette : ça ne va pas, la tête ? L'idée est aberrante. Non elle est absurde.

— C'est une plaisanterie ? Tu trouves ça drôle ?

— Non. Tu es seule, libre, disponible, organisée. Ce serait un nouveau départ.

— Pas avec toi !

Si on était à Paris ou à Groix, n'importe où ailleurs que dans la nuit argentine, je lui ordonnerais d'arrêter la voiture et je descendrais. Elle continue, étrangement calme.

— C'est important d'offrir du rêve aux clients qui arrivent des quatre coins de la planète. Ils croient trouver des pingouins et des icebergs, or nous les initions à la beauté absolue. Reste un peu, au moins le temps de te reconstruire. Même si nous ne devenons jamais amies, nous pouvons travailler ensemble et nous respecter. Tu aimes cet endroit n'est-ce pas ?

— Non.

— Non tu ne l'aimes pas, ou non me respecter est au-dessus de tes forces?

— Rester ici, avec toi, est impensable. J'ai perdu mon mari par ta faute. Ma vie est en France, entre Paris et Groix, je suis traductrice. Et Dom a besoin de moi.

— Tu en es certaine?

— J'ai promis à Yrieix de veiller sur son fils. Redescends sur terre et cherche quelqu'un dans la région.

Cette femme débloque.

— En plus tu te trompes, je serais incapable de faire ce métier.

— Tu n'as pas d'amis?

— Je ne vois pas le rapport. Si, bien sûr.

— Ça t'arrive de les inviter chez toi? Tu leur cuisines un repas, tu les mets à l'aise? C'est exactement ce que nous faisons ici. L'*estancia* met des étoiles dans les yeux de ceux qui y passent la journée ou la nuit. Tu sais préparer un lit, dresser un couvert? Les randonneurs sont nombreux à midi, seuls les hôtes des chambres restent dîner. Tous se sentent attendus et accueillis. Tu sais sourire?

Yannig disait que les amis sont le vent qui souffle dans nos voiles. J'aime me donner du mal pour recevoir ceux que j'aime. Mais pas des inconnus. Et surtout pas avec la maîtresse de mon mari.

— Je rentre à Paris après-demain, dis-je d'un ton sans appel.

Après m'avoir volé ma vie, elle croit que je vais rester avec elle dans cette vallée paumée pour remplacer sa fille ? On nage en plein délire.

La voiture quitte enfin la route et s'engage sur le chemin qui mène au lodge encore éclairé malgré l'heure tardive. Oriana et Dom se sont endormis sur un des grands canapés du salon, côte à côte. Un livre d'architecture est ouvert devant eux sur une page qui montre des vues de Paris.

Dom

Tifenn me réveille. Avant qu'on s'endorme, j'ai refait le monde avec Oriana devant la pampa obscure. Je lui ai raconté ce que je savais sur Yannig, mort pour sauver des marins du dimanche qui manœuvraient comme des manchots. Je lui ai décrit papa, Claire, la nuit *glaz* et mon enquête pour trouver la mystérieuse blonde que j'avais en face de moi. Oriana et Mathilde n'ont pas connu leur père. J'ai eu la chance de vivre avec le mien pendant quinze ans. Mais je suis seul maintenant. Un jour, à la baie des Curés, Mathilde m'a cité une phrase d'un philosophe grec, Platon ou Aristote : « Il y a trois sortes d'hommes : les vivants, les morts et ceux qui vont sur la mer. » Lequel je serai ?

— Vous en avez mis du temps. Vous êtes allées loin ?

— Dix-neuf ans en arrière.

Il est trop tard pour que Soledad et sa fille retraversent le lac. Valentin, le manager, les connaît et met une chambre à leur disposition. On se sépare. Je confie à Tifenn qu'Oriana rêve d'être architecte.

— Je sais. Sa mère voudrait qu'elle fasse ses études à Paris plutôt qu'à Buenos Aires.

— Ce serait super, elle pourrait vivre chez moi ! dis-je avec enthousiasme. Elle fait partie de la famille et tante Désir en crèverait de rage.

On échange un sourire complice en imaginant sa tête.

— Et toi, Domino, quel est ton rêve ? Si tu pouvais faire un vœu, ce serait quoi ? demande Tifenn.

Pas besoin de réfléchir.

— Je veux que mes parents reviennent.

— Un vœu possible à exaucer.

Ma réponse fuse, évidente.

— Je voudrais habiter à Groix avec Mathilde.

— Vraiment ? Tu quitterais Gaston, Kerstin, Noalig, Gwenou et moi ? Tu n'as pas besoin de nous ? On ne te manquerait pas ?

— Dis pas de bêtises, tu sais qu'on se verrait souvent. On se retrouverait pour les vacances.

— Tu lâcherais tes copains et ta vie à Paris ?

Je hoche vigoureusement la tête. Affirmatif ! J'aime ma famille, j'aime nos amis de l'immeuble et mon collège, mais c'est mon rêve qu'elle m'a demandé. Alors oui c'est ce que je voudrais, à défaut de pouvoir le réaliser.

— Je me sens mieux depuis que je sais que mes parents ne m'ont pas menti pour Oriana. Et puis, grâce à toi, j'ai la lettre diantrement belle de papa et ça change tout !

JOUR 32

Tifenn

Soledad est folle de croire que je vais rester avec elle dans cette vallée perdue. Et moi j'ai été folle de croire que je pouvais remplacer, un tant soit peu, Yrieix et Claire dans le cœur de Dom. Je suis sa tante, mais ça ne suffira jamais. Alors j'ai longuement parlé avec Gaston sur WhatsApp.

— Le vœu le plus cher de ton pupille est de vivre dans l'île avec Mathilde.

— Yrieix avait choisi Paris pour son fils et lui. Pourquoi irais-je contre la volonté de mon frère ?

— Ce n'était pas un choix mais une obligation. Son travail était à Paris. Tu connais son attachement pour Groix. S'il avait pu, il y aurait posé son sac.

Gaston a renâclé, au début. Il est célibataire, je suis deux fois veuve, nous nous sommes investis à plein dans la mission qui nous incombe. En réalité, nous avons plus besoin de Dom qu'il a besoin de nous. Et c'est son bonheur qui prime. Immédiatement après, Gaston a appelé la mère de Mathilde, ils se sont mis d'accord sur les détails matériels. Elle accepte de prendre Domino chez elle pour la fin de cette année scolaire. Le transfert de collège ne devrait poser aucune difficulté. L'an prochain, il entrera au lycée en seconde. Il ira en pension à Lorient pendant la semaine avec Mathilde et les autres ados de l'île, l'héberger le week-end sera encore moins contraignant. Son rêve n'est pas inaccessible.

Il me manquera. Je ne le lui dirai pas.

Sur ma lancée, je discute seule avec Oriana.

— Ta mère souhaite que tu fasses tes études d'architecture à Paris. Qu'en penses-tu ?

— Ce serait fantastique ! fait-elle, transfigurée.

Je me fais l'avocat du diable.

— Tu n'as pas peur ? Vous ne vous êtes jamais quittées et tu vis depuis dix ans dans ce lieu sublime retiré du monde. Paris est une ville foisonnante, stressante, parfois dangereuse si on n'y est pas préparé. Tu seras loin de Soledad, loin de tes repères, ce ne sera pas facile, tu auras le mal du pays. Tu es certaine d'y arriver ?

Les yeux brillants, elle m'assure que oui. Elle ressemble tellement à Yrieix et à Yannig que la regarder me bouleverse.

— Tu veux encore réfléchir avant de prendre ta décision ?

Elle est déterminée. Avec Dom, ils sont à l'aube d'une nouvelle vie. Ces jeunes sont décidément plus solides que nous. J'ai un appartement dans la plus belle ville du monde, une maison dans la plus merveilleuse île bretonne. Pourquoi diable irais-je m'enterrer dans ce trou ? Avec une femme que je connais à peine et qui a gâché ma vie ? Pourquoi ? La réponse est simple : parce que, moi aussi, je suis folle. Comme Soledad. Je n'ai pensé qu'à ça toute la journée. C'était inenvisageable la nuit dernière. Inconcevable ce matin. Inimaginable au début de l'après-midi. Impossible à l'heure du goûter servi sur la terrasse en teck devant le lac. Encore impensable en début de soirée. Mais, bizarrement, l'idée a creusé son sillon. Elle est devenue envisageable. Et même possible, au moins pour un temps. Et finalement souhaitable. Pourquoi ? Parce qu'en plus d'être folle, je n'ai plus rien à perdre.

Les cartes vont être redistribuées, on verra ce que ça donnera. Dom vivra en Bretagne, Oriana en France. Moi je vais temporairement m'installer en Argentine. Comme Janet, je reste pour ce lieu irréel, pour le lac Guillermo et le glacier Upsala, et un peu pour vous épater, Yrieix et Yannig. Vous êtes devenus le vent qui propulse ma barque. La tempête aura duré dix-huit ans. Dom n'a plus besoin de moi. J'ai besoin de me sentir utile. Soledad a besoin de quelqu'un. Je suis disponible. Je n'ai plus de raison de la haïr. Mon respect est encore à gagner, mais ça viendra peut-être.

Noalig la magicienne nous a sauvé une fois de plus la mise. Elle réussit à mettre mes deux billets, El Calafate Buenos Aires et Buenos Aires Paris, au nom d'Oriana. Je préviens la fille de Yannig qu'elle s'envolera demain pour la France, sans préciser que je ne serai pas du voyage. Elle rayonne. Je repense à la fameuse lettre que j'ai donnée à Dom. Je n'ai pas dit la vérité à ton fils. J'espère que tu ne m'en veux pas, Yrieix ? Où que tu sois, mon énorme mensonge a dû te faire bondir. Il croit que c'est un testament de vie que tu lui laisses, mais elle n'a pas été écrite pour lui. Elle a été écrite pour moi. Quand il s'est blessé dans l'escalier de l'immeuble, j'ai pensé que c'était une tentative de suicide, consciente ou pas. Dans le doute, je lui ai offert ma meilleure arme contre la mélancolie. Et le remède a magnifiquement fonctionné !

— Tu dois être heureuse de rentrer, dit Dom en me voyant ranger mes vêtements dans ma valise.

— Tu voyageras avec Oriana demain. Nous en avons discuté avec Soledad, elle va faire ses études à Paris et habiter chez toi, si tu es toujours d'accord ?

— Évidemment ! Alors on revient tous les trois ? C'est énorme, il faut que je raconte ça à Mathilde !

— Attends un peu.

Il n'a que quinze ans, c'est un gamin avec des pieds de géant. Quand un adulte devient orphelin, il sait qu'il sera le prochain sur la liste, il se retrouve en première ligne pour l'Ankou et sa barque de nuit. Tandis qu'un adolescent a la vie devant lui. Dom a vieilli, gagné en intensité et en maturité, il est un peu cabossé, il a un appétit d'ogre et un trou dans le cœur.

— On ne revient pas tous les trois. Moi je reste ici.

Il s'immobilise, surpris.

— Au lodge ?

— À l'Estancia Cristina. Je vais remplacer Oriana et épauler sa mère.

Une vague de tristesse traverse son regard.

— Alors toi aussi tu pars au bout du bout du monde et tu me laisses ?

— Je ne suis pas la seule à m'en aller. Tu vas déménager.

— Vous m'envoyez en pension ?

Je souris pour le rassurer.

— Cette pension-là va te plaire. Elle est « Au milieu de la mer, trois lieues au large. Au pays d'Armor ».

Me zo ganet é kreiz er mor, tèr lèu ér méz. E bro Arvor. Il reconnaît le poème de Yann-Ber Kalloc'h. Il change de visage.

— Je vais vivre à Groix ?

— Chez Mathilde. Puisque c'est ton vœu le plus cher.

Il fait des bonds de joie. Je lui en veux un peu, même si c'est égoïste, il va me manquer. Je n'aurais peut-être pas été une si mauvaise mère. Il grandit à vue d'œil, dans trois ans il sera majeur. Il mérite la vérité, je ne veux plus lui mentir. Je vais lui avouer que la lettre que je lui ai donnée n'a pas été écrite pour lui. C'est le message qui importe, plus que son auteur.

— Il faut que je te dise quelque chose, Dom.

— Moi aussi. Tu te souviens du vocabulaire compliqué de maître Jules : je suis « ayant droit » et « habile à » hériter ? J'ai compris ce que papa a voulu me dire dans sa lettre. J'ai droit au bonheur, même sans maman. Je suis habile à être heureux à Groix, même sans lui.

Il me regarde, confiant, loyal, fragile, plein d'espoir. Au loin, un cavalier galope en soulevant un nuage de poussière. J'y vois l'image du jeune homme devant moi, libéré.

— Tu voulais me dire quoi ?

Je prends une grande inspiration, le temps de décider quelle vérité est mieux pour lui.

— Ton père avait raison. Tout ce que tu vas vivre sera magnifique.

Il acquiesce.

— Merci, dit-il.

— De quoi ?

— D'être venue ici avec moi. Et d'avoir rendu papa plus heureux.

Dom

Soledad et Tifenn nous accompagnent à l'aéroport d'El Calafate. Soledad serre sa fille contre elle, elles seront séparées pour la première fois. Je suis moins à l'aise avec ma tante depuis que j'ai appris qu'elle était la blonde de papa. Pourtant, au dernier moment, je la prends dans mes bras. Puis je détache ma montre de marine et la glisse dans sa main. Il n'y a pas de marées sur le lac Argentino, sauf le raz-de-marée du jour de la rupture. Il faut qu'elle connaisse les heures des hautes mers et des basses mers de chez nous.

Soledad nous regarde, perplexe. On est là, plantés comme les pins du bois du Grao au Parcabout de Groix, avec nos trois sacs aux pieds.

— Pourquoi tu embrasses ta tante ?

— Je ne pars pas avec eux, annonce Tifenn.

Soledad, déconcertée, fronce les sourcils. Tifenn la fixe droit dans les yeux.

— J'accepte ta proposition délirante.

— Tu veux dire que... tu restes ? Tu ne t'en vas pas ?

— Ils sont assez grands pour voyager seuls. Noalig a tout prévu. Un chauffeur les attend à leur descente d'avion à Buenos Aires pour les conduire à l'aéroport international et les aider à s'enregistrer. Dom est débrouillard. Oriana aussi, et majeure. Ton offre tient toujours ?

— J'étais sûre que tu refuserais. Je suis… stupéfaite.

— Pas autant que moi, dit ma tante.

Soledad semble partagée entre la tristesse de quitter sa fille, l'inquiétude de la savoir seule avec moi, et la joie inattendue d'apprendre que Tifenn va l'aider. Je la tranquillise :

— Je veillerai sur ma cousine.

Je laisse le hublot à Oriana, elle a trois ans de plus mais c'est la première fois qu'elle vole. Je lui montre comment boucler sa ceinture de sécurité et incliner son fauteuil, je me sens l'homme de la situation. Dans trois heures, on atterrira à Buenos Aires. Puis on changera d'aéroport. Et on s'envolera vers la terre de nos pères.

JOUR 34

Dom

Gaston nous attend à l'aéroport avec la Fiat 500 de Tifenn. Tout l'immeuble nous accueille. Oriana fait la connaissance de Noalig, de Kerstin et du pauvre Georges. Tante Désir, fidèle à elle-même, lui serre la main du bout des doigts. Elle crépite de fureur. L'appartement de Tifenn est fermé, j'ai du mal à l'imaginer si loin. Astérix, la manille, la boule de sulfure et le stylo monteront la garde chez elle jusqu'à son retour. Oriana dormira dans la chambre de papa. Je ne sais pas si elle est superstitieuse, dans le doute je ne lui précise pas qu'il a largué les amarres ici.

Gaston emmène Oriana chez un ami professeur dans une école d'architecture. Mathilde est ravie que je vienne habiter chez elle, je m'en doutais mais je l'ai quand même appelée pour m'en assurer. J'irai en cours à Groix après les vacances de Pâques, ça me laisse le temps de préparer mon départ. L'administration du collège des îles du Ponant est à Brest, les élèves sont éparpillés entre Groix, Batz, Ouessant,

Molène, Sein, ou Houat-Hoëdic. Je vais pouvoir réaliser plein de rêves, en commençant par m'inscrire à la fanfare des Chats-Thons avec Mathilde et Pomme. Pour la trompette, ça ne sera pas évident à cause du plâtre au début, ensuite ça me servira de rééducation. Même si je courais comme une soupière il y a cinq ans, je m'inscrirai pour courir les deux kilomètres de La Groisillonne en juin, et quand j'aurai seize ans je participerai au Trail des Marathoniers en septembre. J'assisterai aux concerts des Renavis. Et je me commanderai un kilt : le tartan de Groix, violet, bleu et vert, a été officiellement enregistré en Écosse – on est la deuxième île bretonne à en avoir un après Ouessant.

Ma vie a tellement changé en un mois. Je descends l'escalier sur la pointe des pieds pour voir Gwenou. Raté, la porte de Désir s'entrouvre. Elle me toise, son visage s'allonge.

— Et donc, tu pars à Groix ?

— Oui.

— Tu crois que je n'aime pas l'île ? Tu te trompes sur mon compte. Entre.

— Je suis pressé, tante Désir.

— Tes cousins sont au collège, le pauvre Georges au bureau. Il n'y a pas de raclette. Allez, viens, Dom.

J'obéis parce qu'elle ne m'a pas appelé Domnin. Je m'assieds au bord de son canapé aussi dur que son regard.

— Tu es le fils de mon frère préféré, celui qui me défendait quand Gaston et Yannig me taquinaient.

Avec ton père on ne s'est disputés qu'une seule fois, mais ça a scellé la fin de notre complicité.

J'attends en me demandant dans combien de temps elle me lâchera. Je tords discrètement mon poignet mais je n'ai plus ma montre, elle donne l'heure à Tifenn en Patagonie. Cette pensée me fait du bien.

— J'étais amoureuse du meilleur ami d'Yrieix, dit-elle en me regardant droit dans les yeux.

Amoureuse ? Désir ? Impossible.

— Tous les hommes de sa famille étaient marins pêcheurs. Devan se préparait à suivre leurs traces. On était tout le temps fourrés ensemble, lui, ton père et moi. Ton grand-père, tu le sais, a eu l'idée géniale de sa pièce d'accastillage. Son associé et ami d'enfance, un *louston*, un salaud, lui a volé son invention et l'a déposée à sa place. Il l'a vendue pour une fortune, notre père a porté plainte. Il y a eu procès, leur petite entreprise a fait faillite. Ton grand-père s'est mis à boire, il ne supportait pas d'avoir été trahi, l'argent qui lui passait sous le nez le rendait fou. Il répétait comme un automate : « Sans ce *laer*, on serait riches ! Mes parents tiraient le diable par la queue, je voulais vous offrir une vie facile. L'argent ne fait pas le bonheur mais la pauvreté fait le malheur à coup sûr. » Il a maigri, il tremblait, il avait des hallucinations, c'est devenu un autre homme. Gaston voulait être écrivain, Yannig voulait courir la Transat en solitaire, ton père voulait devenir architecte. Ils ont tous renoncé pour entrer dans la vie active.

J'ouvre de grands yeux. C'est vrai ? Papa voulait être architecte ? Comme Oriana ? Première nouvelle !

— Il ne me l'a jamais dit.

— Parce qu'un rêve piétiné colle aux semelles si on le confie à quelqu'un. Gaston a collectionné et vendu les livres des autres. Yannig a voyagé pour vendre du vin. Yrieix a construit des albums de bande dessinée.

Papa ne m'en a pas parlé. En revanche il m'a mille fois raconté l'histoire de *peupé*, l'ami traître, les années de procédures avant la victoire. *Peupé* a récupéré son argent plus un paquet de dommages et intérêts, il a acheté le vieil immeuble de Montparnasse et les maisons à rénover de Groix. Mais il s'est tant rongé les sangs qu'il a transformé sa colère en cancer. Il est mort un an après avoir gagné. Puis *meumée* a commencé à tartiner les éponges de beurre salé.

— Et toi, tu voulais faire quoi, tante Désir ?

— Ne jamais être pauvre, pour ne pas sombrer comme mon père. À la fin c'était un vieux petit garçon, il avait des métastases au cerveau, il oubliait que le tribunal lui avait donné raison. Il ne nous croyait pas quand on le détrompait. J'étais sa préférée, les derniers temps il ne me reconnaissait même plus.

Ma tante a des yeux de lapin russe. Finalement, elle est peut-être humaine.

— Devan était mon fiancé, on allait se marier et vivre à Groix ensemble.

Je la regarde, suffoqué.

— La ruine a écrasé mon père comme un bigorneau sous une botte. Je n'ai pas voulu subir le même sort. Les conditions de vie des marins pêcheurs étaient de plus en plus difficiles.

Elle pince la bouche, farouche.

— Le fils du propriétaire d'un palace parisien qui avait une résidence secondaire dans l'île me tournait autour, il était falot mais gentil. On l'emmenait avec nous par pitié, à la plage, ou sur la lande, il ne nous gênait pas, on ne s'apercevait pas de sa présence.

— Oncle Georges ? dis-je, reconnaissant la description.

Elle acquiesce. Ses lèvres tremblent. Un alien a pris possession de ma tante.

— J'avais trop souffert de voir le cerveau de mon père se désagréger. La peur de manquer me terrifiait. J'ai rompu avec Devan à la pointe des Chats.

— Tu ne l'aimais plus ? dis-je, stupide.

Elle s'énerve.

— La passion ne dure qu'un temps ! Je ne regrette pas ma décision.

— Depuis tu ne viens plus à Groix parce que tu as peur de le rencontrer, c'est ça ?

Elle a un rire qui rouille.

— Il s'est enfui dans la lande après notre rupture. On l'a cherché jusqu'au matin avec Yrieix, on avait peur qu'il fasse une bêtise. Il a quitté l'île par le premier bateau. Il n'est jamais revenu.

— Tu sais ce qu'il est devenu ?

Son sourire forcé tient du rictus, elle est flippante.

— Il est allé en Angleterre. Il a écrit à ses parents qu'il ne supporterait pas de me croiser au bras d'un autre. Yrieix ne m'a jamais pardonné son départ. Pourtant, grâce à moi, Devan a superbement réussi, il est encore plus riche que Georges aujourd'hui.

— Tu as préféré l'argent à l'amour ? Mais c'est carrément horrible !

— Tu n'es qu'un gosse qui ne connaît rien à la vie, Domnin. Nous ne sommes pas malheureux. Nous vivons en paix, il m'est fidèle, nous ne craignons pas pour l'avenir, nos fils feront de brillantes études. L'amour est nocif. Tu te rappelles dans quel état était ton père, quand ta mère vous a abandonnés ?

Je sors de mes gonds.

— Elle n'a abandonné personne. La vie, ce n'est pas manger de la raclette puante en comptant son or comme Picsou ! D'ailleurs comment tu sais que Devan a si bien réussi ?

Les joues flasques de ma tante virent couleur tomate. Son regard se défile sur le côté.

— Par Internet. Il est banquier à la City. Sa femme est avocate, ils ont deux fils élèves à Eton, et une fille. Ils possèdent une maison dans le meilleur quartier de Londres et passent leurs vacances à l'île de Wight. Il ne nous a écrit ni pour la mort de Yannig ni pour celle d'Yrieix. J'espérais…

— Tu l'aimes toujours ?

— Si c'était à refaire je prendrais la même décision. Sans notre rupture, il serait resté pêcheur. Ma défection a été le catalyseur de son bonheur. Il me doit sa réussite !

— Tu crois qu'il t'a oubliée ?

Son visage se tord. Je l'imagine devant son ordinateur, fouillant la vie de son ancien et seul amour comme elle nous espionne dans l'escalier.

— Sa fille s'appelle Désir.

Et celle des Riec s'appelle Marie-Claire. Et je m'appelle Domnin. Nos prénoms sont pleins de larmes. J'insiste :

— Mais rien ne te prouve qu'il est heureux ? Il est peut-être mort en dedans comme oncle Georges et toi ? C'est Devan, le cadavre dans ton placard ?

Elle tressaille, piquée au vif.

— J'ai voulu te mettre en garde par respect pour la mémoire d'Yrieix. Tu n'as aucune ambition. Va retrouver ta Mathilde. Je t'aurais prévenu !

— Et comment ! Il y a trois sortes d'hommes : les vivants, les morts, et ceux qui vivent sur une île, dis-je.

Elle hausse les épaules.

— Je ne peux plus rien pour toi, mon pauvre garçon.

— Je suis loin d'être pauvre. Toi, si.

Je traverse la rue. La table de Tifenn chez Gwenou est libre, en m'y installant je réalise qu'elle voyait tout ce qui se passait chez nous.

— Tiens, un revenant ! *Degemer mad*, bienvenue !

Kerstin sirote un thé au comptoir. Gwenou m'offre un Breizh Cola.

— Alors, cette Patagonie, tu as eu du goût, *Co* ?

— Je suis allé au cap Horn voir l'endroit où Claire a glissé.

— C'était quelqu'un ta mère. Quand elle s'asseyait en terrasse, la salle se vidait aussi sec, il n'y avait plus personne au bar !

— Elle a sauvé un petit garçon épileptique que ses cons de parents avaient emmené, elle est morte par leur faute, dis-je en grognant.

Kerstin change de visage. Je comprends que je l'ai blessée en insultant ses compatriotes, alors je me rattrape comme je peux.

— Ne le prends pas mal hein, ça n'a rien à voir avec leur nationalité, ils auraient pu être chinois ou javanais.

— Parce qu'ils étaient allemands ? demande Gwenou. Tu ne l'as pas précisé.

Kerstin soutient mon regard.

— Ah bon ? Je ne l'ai pas précisé ?

— Il s'appelle Thomas Hage, dit-elle.

— Comment tu le… ?

— C'est mon petit frère.

Le temps s'immobilise. Mon verre tombe au ralenti et explose en touchant le sol.

— Ta maman a sauvé mon frère, précise-t-elle d'une voix hachée. J'étais encore élève au conservatoire de musique de Munich, le piano était ma passion. Mes parents ont organisé ce voyage pour leur anniversaire de mariage, je devais en être mais j'ai annulé au dernier moment à cause d'un concert. Ils m'ont raconté, au retour. Thomas ne se souvenait de

310

rien. Il n'avait plus fait de crise depuis si longtemps, on croyait cette épée de Damoclès derrière nous.

Je la dévisage, sidéré.

— Ce drame nous a tous traumatisés. J'ai abandonné le piano et laissé tomber le conservatoire pour devenir infirmière, payer notre dette, ne jamais rester les bras ballants devant la maladie. J'ai trouvé le nom et l'adresse de ta mère. Je suis venue à Paris vous exprimer notre reconnaissance et vous présenter nos condoléances. J'ai découvert avec stupeur que tu attendais son retour.

Je l'écoute, ahuri. Gwenou contourne le comptoir pour ramasser les morceaux de mon verre. Kerstin m'entraîne dehors à l'abri des oreilles indiscrètes.

— Votre concierge prenait sa retraite, j'ai décidé de la remplacer et de faire mes études en France.

— J'ai cru un moment que tu étais la femme blonde de papa ! Surtout quand j'ai vu le stéthoscope. Je sais maintenant que c'était Tifenn.

— Je l'ai su dès le début. La loge est un observatoire stratégique. Ton père était coincé puisqu'il ne voulait pas que tu apprennes que ta mère ne reviendrait pas. Un jour, Tifenn a failli se faire démasquer par Désir. J'ai rattrapé le coup, prétendu que c'était moi dans l'escalier, que j'arrivais de chez Gaston. Désir m'a regardée d'un sale œil. Elle craignait que Gaston se marie et que son héritage lui passe sous le nez. Elle ferait mieux de s'occuper de son Georges, qui monte chez Noalig chaque fois qu'elle va à la piscine.

L'invisible Georges exulte avec la joueuse de bombarde. Devan pense à ma tante chaque fois qu'il appelle sa fille. Les adultes sont de grands enfants.

— Tout ce que ton frère va vivre sera grâce à maman, dis-je.

— Je regrette tellement, *Schatz*. Quand ton père m'a prêté ce stéthoscope, j'ai failli craquer.

— Garde-le, dis-je.

Elle acquiesce.

— Maintenant tu sais. Je peux enfin rentrer chez moi.

— Tu n'es pas bien ici ?

— Mon pays et ma famille me manquent.

Depuis que papa est parti dans le *suet*, tout se désunit, tout le monde s'en va, Claire, Tifenn, Kerstin. Et bientôt moi.

— Je te demande pardon, *Schatz*. Pardon pour Thomas. Et merci.

— Ton frère n'a pas choisi d'être malade.

Si son petit frère n'avait pas convulsé, Claire serait ici avec moi puisqu'elle voulait rentrer. Kerstin l'ignore. Sa famille n'est pas responsable du drame. C'est Claire qui s'est mise en danger pour son patient. À cause de Tom. À cause des rails du train et des jambes déchiquetées. Parce que c'est ça la vie, des malheurs qui vous écrabouillent et des bonheurs si géants qu'on en tremble. Des ruptures, des animaux qui vivent moins longtemps que nous, et des rires qui réchauffent mieux que les sous-vêtements thermiques de haute mer.

Je remonte chez moi. Le dernier CD que papa a écouté est resté dans le lecteur depuis un mois. Les garçons sur le boîtier s'appellent l'un Simon, l'autre Garfunkel, un drôle de prénom dans le genre Yrieix ou Domnin. J'allume la chaîne, je monte le volume à fond. *Hello darkness my old friend / I've come to talk with you again*. Les voix des chanteurs me bercent, elles couvrent les mots qui hurlent dans ma tête. L'ultime chanson s'intitule *The Sound of Silence*. Je ne rentre pas dans une couleur, je plonge dans le son du silence grâce à la technique de la docteure Clapot. Je dérive sur les vagues des notes. Je respire profondément, je me sens apaisé, je souris de la bouche et du ventre. Au lieu de me transporter à la baie des Curés où j'irai bientôt tous les jours, je me retrouve à l'Estancia Cristina. Pas sur le mirador devant le lac Guillermo et le glacier Upsala, là où c'est tellement beau. Non, en bas, sur le plateau, près du hangar à tonte plein de photos et de poussière. Je suis cerné par les montagnes. Des sculptures de glace bleue flottent sur le lac. Par une curieuse distorsion du temps, Percival, Herbert et papa gèrent les clients avec Tifenn et Soledad. Je les observe, assis sur la terrasse d'une chambre d'hôtes avec Mathilde, ses chats, Cacao et Claire…

— Réveille-toi, marmotte ! Tu ronfles et tu as une tête de *guanaco* !

Je me suis endormi. Simon et Garfunkel se taisent. Oriana vient de rentrer.

— De quoi ?

— De *guanaco*, un lama sauvage patagon.

— «Quand lama fâché, *señor*, lui toujours faire ainsi», dis-je pour la faire rire.

Elle n'a pas été élevée par un père fan de bandes dessinées, elle ne connaît pas *Tintin*.

— C'est comme : «Il ne faut jamais parler sèchement à un Numide» ou «Tous les étés, les Ibères deviennent plus rudes».

Elle n'a pas non plus été nourrie aux albums d'*Astérix*. Je vais devoir tout lui apprendre. L'ami d'oncle Gaston l'a conseillée. Elle pourra s'inscrire dans son école d'architecture dès qu'elle obtiendra son visa d'étudiante. Elle réalisera son rêve, et celui de papa.

JOUR 35

Dom

J'ai mal dormi cette nuit, j'avais trop de trucs dans la tête. Je vais quitter Paris. Ma cousine habitera l'appartement. Je ne compte pas mourir jeune, mais je suis responsable de ce que papa m'a transmis. Hériter donne des obligations, je l'ai appris à mes dépens, la leçon a porté. Maître Jules me reçoit en costume cravate dans son étude. Son bureau est grand, lumineux, il a la même machine à café que nous. Et une photo au mur où on le voit en tenue de sport noire avec des chaussettes hautes, épuisé et heureux. Il a couru le marathon de New York en quatre heures cinquante-six minutes quarante-cinq secondes. Ses jambes fonctionnent bien, il aurait plu à Claire.

— Que puis-je pour toi, Dom ?

— Je suis venu faire mon testament.

J'ai compris comment ça marche. Je n'ai pas de descendants. Si je ne prévois rien, mes ayants droit sont mes plus proches parents, Gaston et Désir, donc par extension mes cousins parfaits. Mais moi je préfère léguer l'appartement de Paris à Mathilde et la maison de Groix à Oriana.

Maître Jules secoue la tête et m'explique que dans la loi française il faut avoir plus de seize ans pour rédiger son testament. Entre seize et dix-huit ans, j'aurai le droit de léguer la moitié de ce que je possède. À ma majorité je ferai ce que je veux.

— On se revoit l'année prochaine, puis dans trois ans ?

Je rédigerai alors un testament olographe en faveur de Mathilde et d'Oriana. L'original sera déposé au rang des minutes de maître Jules, tous ces mots compliqués sont devenus mes complices. Il me serre la main. Tante Désir a tort, je ne suis plus un gosse.

Je souris à la jolie hôtesse d'accueil de l'étude. Puis à la fille timide assise devant moi dans le métro. Je m'arrête chez Gwenou pour lui dire au revoir. Il est midi plein. J'ai ciré mes chaussures anglaises, on voit moins les éraflures. Claire, cassée par la mort de Tom, est partie en Patagonie parce que son copain de fac y était, rien à voir avec Oriana. Le monde est si petit, parfois.

En rentrant à la maison, j'entends distinctement le bateau de Groix corner trois fois. Papa a enfin largué les amarres. Yrieix, Claire, je vous aime, je ne sais pas où on va après, j'espère que vous y êtes bien. On ne peut pas dire que je vous ai perdus, puisque je ne vous avais pas gagnés. Grâce à vous, je suis breton dans chaque cellule de ma peau, chaque motte de terre, chaque artichaut, chaque crêpe à l'andouille, j'ai de la chance. L'Ankou est venu vous chercher ou c'est une légende ? Mourir en faisant l'amour ou en doublant le Horn, c'est mieux que mourir seul dans un lit d'hôpital, et puis maman a désormais le droit de cracher au vent. Certains de ses jeunes patients vivent avec un bras ou une jambe en moins, moi je vais vivre sans vous, il m'arrivera de perdre l'équilibre, ça ne m'empêchera pas de danser sur les ponts des bateaux les jours de tempête. Ni de découvrir comment c'est de décoller avec celle que j'aimerai et de devenir deux poissons volants.

Chaque soir en m'endormant, je me rappellerai le meilleur moment de ma journée. Un jour on est là, le lendemain on n'est plus là. On partira tous dans le *suet*, c'est pour ça que la vie est précieuse, comme un *magical cake* qu'on savoure en sachant qu'il y aura une dernière bouchée et puis plus rien. Quand l'Ankou viendra pour moi, je me retournerai vers ma trace dans le sable et je sourirai parce que la vie est diantrement savoureuse, *yes my lord*. Et qu'il faut avoir du goût. Sinon elle se fâche.

JOUR 40

Tifenn

Un froid et éclatant soleil se lève sur l'Estancia Cristina où nos hôtes prennent le petit déjeuner avant de partir en excursion. À l'autre bout du lac, à Punta Bandera, le bateau appareille pour nous déverser sa cargaison quotidienne de touristes. Je ne me lasse pas de voir leurs visages émerveillés quand on les conduit là-haut. Du bonheur palpable. Cet endroit, comme Groix, rend meilleurs les humains qui le foulent. Soledad n'est pas une amie, pourtant un lien inaltérable nous unit. Nous avons hérité l'une de l'autre et nos souffrances sont intriquées.

— Bonjour, *buenos días, good morning, buongiorno, bom dia, guten Morgen, kaliméra, goedemorgen, dobrÿ dien, konnichiwa, jo san, degemer mad* ! Thé ou café ?

Nos clients arrivent des quatre coins du globe, excités, curieux, poussés par le désir, sans savoir ce qu'ils vont trouver. Ils repartent les yeux heureux de glace bleue. Je retrouve l'épaisseur et la saveur du temps qui passe. Ce n'est pas *gardarem lou larzac,* c'est gardons-nous en vie. Ma paix intérieure est fragile, menacée par le manque des frères Ar Gov, mais une pièce s'est déverrouillée en moi, qui change tout. Mon blindage a cédé. Plus que la joie de vivre, c'est la joie d'être en vie. Yannig, tu m'aimais. Yrieix, je n'étais pas ton grand amour mais j'ai été le dernier. Je suis moins seule avec vous deux, être doublement veuve m'équilibre. Avoir été deux fois aimée me rend deux fois moins triste, c'est ça le cadeau de la solitaire Soledad. Je ne vais pas refaire ma vie, je vais la faire utile. J'ai quarante-sept ans. Qui sait de quoi demain sera fait ?

La lettre testament signée Y a aidé Dom et elle me réchauffe encore plus maintenant. Parce que j'ai doublement menti à ton fils, Yrieix, même si c'était pour la bonne cause. D'abord, parce que cette lettre m'était adressée à moi, pas à lui. Mais surtout, parce que ce n'est pas du tout toi qui l'as écrite. Absolument pas ! C'est Yannig, bien avant de rencontrer Soledad, quand il a intégré l'équipage des sauveteurs en mer. Comme s'il avait eu une prémonition et qu'il sentait qu'il mourrait jeune.

Je n'irai plus chez le dentiste. Yannig était tombé enfant sous la roulette du même dentiste sadique que toi à Lorient. *Je ne verrai plus le véto endormir notre chien.* Il a tenu jusqu'au bout la patte de Gwastel, notre labrador avait un nom de brioche bretonne parce qu'il était jaune et qu'il sentait bon. *Je n'aurai plus le cœur disloqué.* La mort de votre père l'avait

324

drossé sur les rochers. *Gouverne à barre franche.* Lui aussi avait une franche horreur des barres à roue, même sur les grands voiliers.

Vous êtes désormais réunis là-haut, les deux frères si proches. Vous qui aimiez naviguer, vous avez mis les voiles pour de bon. Moi, je vis maintenant sur le plancher des vaches et des moutons. Soledad a voulu m'aider et me rembourser, son cadeau est empoisonné. Yannig m'a heureusement fourni l'antidote avec sa lettre. Même si tout ce que je vais vivre ne sera pas rose, je tiendrai bon la vague et le vent.

Nous montons au mirador. Je reçois à nouveau la gifle de toute cette beauté, on ne s'en lasse pas. Un des guides, Miguel, coiffé d'un casque, écoute de la musique en souriant.

— C'est quoi ?

Il me passe son casque. *Gracias a la vida* éclate dans mes oreilles. La voix profonde et bouleversante de la chanteuse argentine Mercedes Sosa a la couleur irréelle du lac. Quand on a un timbre pareil, on aime à la vie à la mort. En rentrant dans ma chambre, encore émue, je cherche dans ta liste de musiques indispensables. Je choisis, complètement au hasard, Joan Baez. Je m'assieds en tailleur devant les montagnes. Elle saisit sa guitare. Je crois rêver quand elle entonne : *Gracias a la vida, que me ha dado tanto.* La même chanson, dans une autre version plus dynamique et moins nostalgique ! J'ai beau avoir l'esprit rationnel, ça ne peut pas être une coïncidence.

Je cherche Soledad pour lui raconter. Elle sourit et sort son téléphone de sa poche.

— Tu veux entendre la sonnerie personnalisée que j'ai attribuée à Oriana ?

Une voix retentit, encore différente, chaude et veloutée. *Gracias a la vida, que me ha dado tanto, me ha dado la risa, y me ha dado el llanto.*

— La chanteuse chilienne Violeta Parra l'a écrite et enregistrée un an avant de se donner la mort en se tirant une balle dans la tête.

On donne la mort, on ne la reprend pas. J'ai envie de prendre le volant de ma vie, plus du tout de me balancer dans le fossé. On ne débarque pas impunément à Groix, on ne côtoie pas impunément les glaciers, ils vous marquent à jamais, ils comblent le vide qui reste quand ceux qu'on aime sont partis, ce vide qui s'insinue sous la peau, creuse nos carcasses, creuse des crevasses dans le cœur avant la rupture finale. Les hommes sont comme le Perito Moreno, en perpétuel mouvement, ils avancent chaque jour, ils chuchotent, ils grondent, ils crient, ils hurlent, ils croient former des barrages au chagrin ou au malheur, puis un jour, ils s'effondrent. Mais avant ce jour, quelle formidable force, quelle aventure magnifique. On est parfois heureux, parfois malheureux, mais on est vivant, tout le temps. *Gracias a la vida.*

Île de Groix, Rome, Chatou, cap Horn, El Calafate, 2019.
Kenavo d'an distro, *au revoir, à bientôt.*

À mon père, Christian Fouchet,
parti là où on va après
à l'âge que j'ai aujourd'hui.

 BO du livre

Le Cinéma, Claude Nougaro
La Chanson des vieux amants, Jacques Brel
Le Pénitencier, Johnny Hallyday
Douar nevez, Dan Ar Braz
Sag warum, Camillo Felgen
Sunrise Mass, Ola Gjeilo
La Première Peine, Serge Reggiani
Meunier, tu dors ? comptine enfantine
Trois marins de Groix, chant de marins
Bewitched, Bothered and Bewildered, Ella Fitzgerald
Com que voz, Amália Rodrigues
Ave Maria, *Otello* de Verdi, Montserrat Caballé
Ebben ? Ne andrò lontana, La Wally d'Alfredo Catalani, Anna Netrebko
Stewball, Hughes Auffray
Gymnopédie, Erik Satie
Je dors en Bretagne ce soir, Gilles Servat
Alfonsina y el mar, Maurane
For me… formidable, Charles Aznavour
Tri martolod, Alan Stivell
Pa-Pa-Pa-Papageno, La Flûte enchantée, Mozart

Dans le port d'Amsterdam, Jacques Brel
That's Life, Frank Sinatra
Unikuva, Annikki Tähti
Santiago de Cuba, Jean Ferrat
Emmenez-moi, Charles Aznavour
Todo se transforma, Jorge Drexler
The Sound of Silence, Simon and Garfunkel
Gracias a la vida, trois versions : Mercedes di Sosa,
    Joan Baez, Violeta Parra

Recette du magical cake de Martine

(sans gluten)

150 g de chocolat noir pâtissier
50 à 80 g de chocolat praliné
180 g de beurre demi-sel
2 gros œufs ou 3 petits
60 à 80 g de sucre

• Sur feu doux, faites fondre le beurre plus les deux chocolats.
Hors du feu, ajoutez le sucre, puis les œufs entiers.
Mélangez vigoureusement au fouet.
• Mettez un moule beurré et très légèrement fariné 5 minutes au congélateur.
Sortez le moule, versez le mélange dedans.
• Enfournez à température élevée, 200 °C, pour 5 minutes.

• Démoulez au sortir du four.
• Quand le gâteau a refroidi, saupoudrez-le de cacao amer.

• Posez-le dans un panier, protégez-le par un joli torchon.
Mangez-le exclusivement avec des gens que vous aimez !

POSTFACE

On double le cap Horn chaque matin

«Doubler le cap Horn», ça fait rêver. Dans vos vies, vous le doublez chaque matin dès le réveil, vous le triplez, vous le quadruplez, vous vous dépassez, vous vous battez. Alors j'ai eu envie de vous emmener voir le vrai. Merci d'avoir embarqué avec moi pour l'île de «qui voit Groix voit sa joie», d'être monté sur le bateau à Lorient pour naviguer au milieu de la passe des Courreaux avant d'aborder ce caillou de huit kilomètres sur quatre planté au milieu de l'océan. Merci d'avoir été Parisien du quatorzième arrondissement avec Dom, dans cette enclave de Bretagne pleine de crêperies, à l'ombre de la tour Montparnasse que des marins bretons ont contribué à construire. Et Merci d'avoir cinglé vers le bout du monde, ce cap de légende où tant de marins ont fait naufrage, que les navigateurs d'aujourd'hui doublent encore fièrement. Cap mythique, terre de légende, formidable aventure.

Je suis allée en Patagonie (je connaissais le nom par

Florent Pagny, enfin, pas perso, dans les magazines et en regardant *The Voice*), j'ai fait la croisière depuis le Chili vers l'Argentine, tout est tombé par terre dans ma cabine quand notre gros bateau a doublé le Horn, ça valsait, je vous jure. J'ai enfilé un gilet de sauvetage orange, accroché mon numéro au tableau, embarqué dans un Zodiac. Les manchots et les gorfous sauteurs à plumets se chauffaient au soleil sur leurs rochers, cools, relax, en bande, comme des copains à la terrasse d'un café, morts de rire de voir passer ces ridicules humains engoncés dans ces moches trucs orange fluo. Le ridicule ne tue pas, j'ai vraiment acheté un bandeau pingouin à Punta Arenas, d'accord j'ai l'air loufoque mais ça tient super chaud aux oreilles, et sur les chemins côtiers de Groix ça fera rigoler les goélands, les lapins et le chat noir et blanc Gwenadu.

J'ai été fascinée par l'Estancia Cristina. Vous auriez vu ce lac de montagne bleu, vous auriez eu envie de vous asseoir et de rester là jusqu'à la fin des temps (ou jusqu'à la tombée de la nuit, parce qu'il doit faire frisquet quand le soleil arrête de jouer à saute-mouton par-dessus les blocs de glace qui flottent). Ce couple qui a quitté l'Écosse de l'époque pour venir vivre avec deux enfants dans cette vallée perdue, entre glaciers et montagnes, m'a épatée, quel courage, quelle folie !

L'histoire de la personne qui parle d'amour au cercueil de son amoureux alors que ce n'est pas lui mais une vieille dame inconnue, c'est arrivé à une amie proche, on croirait que c'est inventé, la vie est une sacrée bonne scénariste.

Pour les prénoms, « Domnin » m'a sauté dans les bras lors d'un salon littéraire, prénom du mari d'une romancière ; « Yrieix » était un médecin du SAMU et c'est une ville près de Limoges. À mon dix-neuvième roman, j'ai de plus en plus de mal à trouver des prénoms forts, courts, claquants, intenses, soit d'emblée aimables, soit d'emblée pas sympas, que je n'ai pas déjà empruntés pour un personnage. Chaque fois, je prends le calendrier de la poste, celui des étrennes, et je laisse mes yeux se balader dessus, jusqu'à ce qu'un prénom un peu original décolle du papier et vienne se poser au bout de mes doigts. Dans mon prochain roman, l'héroïne s'appelle Cerise. Un clin d'œil à Pomme dans *Entre ciel et Lou*. Je suis fan des prénoms gourmands. Autrefois, à l'école, on me serinait « tu aimes la quiche Lorraine ? »

Pour écrire ce livre, je me suis inspirée d'un adolescent rencontré en SAMU, celui de la dédicace du début. Je n'étais pas encore médecin, juste externe (vous regardez les séries médicales ? moi, j'adore, et j'essaye de deviner les diagnostics, parce que j'ai été médecin urgentiste au SAMU et à SOS Médecins). Notre ambulance de réanimation avec sa sirène hurlante et son gyrophare tournant a foncé au petit jour à travers la ville obscure, après j'ai cavalé dans les escaliers d'un immeuble avec le médecin et le chauffeur en portant le matériel médical. On est entrés dans ce que les agents immobiliers appellent pompeusement la «chambre parentale». Sur le lit, il y avait un père, nu, mort, la cinquantaine. Debout, il y avait une mère, décoiffée, enveloppée d'un peignoir, affolée, en larmes. On a essayé de réanimer son mari mais c'était trop tard, il avait eu une crise cardiaque, la vie avait cruellement décidé qu'il quittait le casting. La porte s'est ouverte, même pas en grinçant comme dans les films, non, une porte normale, sur un gamin banal, ébouriffé, à moitié endormi, un ado qui avait entendu du bruit. Il a zoomé sur la scène et il a compris. Nos regards se sont croisés. J'avais vingt-cinq ans, j'étais amoureuse, étreindre une personne au cœur de la nuit voulait dire joie et abandon, là ça voulait dire mort. L'amour donne des ailes. Et l'amour tue. Je n'ai plus aucune idée du visage de cet ado, le fils du patient mort, mais je me souviens encore de son regard. J'espère qu'il a trouvé quelqu'un à aimer, qui a effacé cette vision traumatisante.

Pour le titre, j'ai hésité. «Cap Horn». «Au bout du bout du monde». «Le pays des glaciers bleus». Je tournais autour, comme un voilier tire des bords. Et puis le formidable décor patagon s'est effacé. Et la lettre testament de vie d'Yrieix à son fils s'est imposée. Je ne voulais pas de «je suis mort mais tu seras heureux», au contraire, je voulais «je suis mort donc je vais échapper à ce qui est dur dans la vie, toi tu devras supporter tout ça, parce que tu es vivant.» Mon père est mort l'été de mes dix-sept ans, un mois après mon bac, il n'était pas malade, il a eu un infarctus (en plein jour, pendant que j'étais en vacances ailleurs), il m'avait écrit une courte lettre des années plus tôt, avant un voyage au Japon. Je repense à ses mots chaque fois que je commence un roman. Avoir été médecin urgentiste fait que j'ai un rapport particulier au temps, je sais que chaque minute compte, qu'on doit d'autant plus rire ensemble, manger du gâteau au chocolat, dire aux gens qu'on les aime, zapper les chafouins.

Pour les rencontres en librairie et les salons littéraires, j'ai repris mes chers complices surligneurs en forme de marguerite afin d'avoir toutes les couleurs sous la main, surtout le bleu. Je vous souhaite une fois dans votre vie de voir ces glaciers d'un bleu irréel, dingue, surréaliste, comme si un géant type Rubeus Hagrid avait purgé son stylo dedans. J'ai visité le Perito Moreno juste avant une « rupture », je l'ai entendu craquer et chanter, il a une voix d'artiste lyrique. Je fais des dessins dans mes dédicaces, différents à chaque livre et selon les lecteurs. J'ai appris à dessiner des manchots, pas évident, je suis médecin, pas vétérinaire. Les miens sont beaucoup moins beaux que ceux d'Anne-Marie, la magique directrice artistique des éditions EHO, qui a créé ceux qui dansent sur les pages du roman. À Groix, Damien et Chantal les artisans verriers qui filent le verre au chalumeau m'en ont créé en verre, noir et blanc à ventre bleu. Dans mon prochain roman, le dessin sera plus facile, cerises rouges et tiges vertes. Il faudra aussi que je travaille les animaux, girafes et éléphants (je pourrai

337

m'en tirer avec une tête ou une trompe qui dépassent de derrière un arbre ?) parce que je vais vous emmener à Groix et dans le désert de Namibie.

Pour la BO du livre et les musiques, écoutez les trois versions de *Gracias a la vida*, celle de Violetta Para, de Mercedes di Sosa et de Joan Baez. Il y en a forcément une qui sera la vôtre.

Précision essentielle : à la fin du livre, je vous ai mis la recette du *magical cake* de Martine de Groix dont j'ai parlé pour la première fois dans *Entre ciel et Lou* en disant qu'il avait un goût de paradis. C'est le meilleur gâteau que je connaisse, il est facile à préparer (je suis nulle en cuisine donc faites-moi confiance), rapide, et ceux qui sont intolérants au gluten peuvent en manger. Évidemment, ce n'est pas un dessert de régime, mais on ne peut pas tout avoir et chaque bouchée vaut le plaisir. Le point sur lequel j'insiste, c'est que c'est un « gâteau magique » mais en aucun cas un CAKE comme le cake au romarin de Brigitte de Lomener à la fin de mon livre *Poste restante à Locmaria*. Ce n'est pas un gâteau solide mais un MOELLEUX au chocolat, donc il ne se démoule pas, il se mange dans le moule, à la cuiller, super bon et super mou. Je ne me suis pas trompée sur le temps de cuisson, c'est bien 5 minutes. Des lectrices m'ont écrit pour me signaler qu'il y avait erreur sur le temps. Non, c'est ça, mais j'ai eu tort de l'appeler ainsi. C'est un *magical moelleux*, un *soft chocolate* gâteau.

Voilà. Je pense réellement que « ce monde est sauvé par le parfum du café, la puissance du rire et la force de l'amour ». Si on peut y ajouter un carré de chocolat, un verre de vin ou de champagne, un rire d'enfant et un aboiement de chien, ce sera encore mieux.

Kenavo d'an distro, au revoir à bientôt.

L. F.

REMERCIEMENTS

Merci une fois de plus à Héloïse d'Ormesson et Gilles Cohen-Solal pour leur confiance et leur amitié, à Roxane Defer, Juliette Cohen-Solal, Valentine Barbini, Charlotte Nocitau, et la si talentueuse Anne-Marie Bourgeois, c'est une chance formidable de travailler avec vous.

Merci à Véronique Cardi, Audrey Petit, Sylvie Navellou, Anne Bouissy, Bénédicte Beaujouan et toute l'équipe du Livre de Poche, pour cette joyeuse aventure commune.

Merci infiniment à Renata Parisi, Didier et Catherine de Haut de Sigy, Yveline Kuhlmey, Marie-Amélie et Mathilde Pouliot, Guy et Bini Lebeau Dauchez, Catherine Ritchie, Sylvie Copeau, Didier Piquot, Nausicaa Meyer, Julien Trokiner et Camille Guillaume.

Merci à Anne Goscinny, Grégoire Delacourt, Baptiste Beaulieu, Virginie Grimaldi, Tatiana de Rosnay, vos livres rendent le monde meilleur.

Merci à mes amis groisillons, à Jo Le Port, Martine Pilon pour le *magical cake*, Jean-Pierre et Monique Poupée, Lucette et Véronique Corvec, et tous ceux de la bande du 7.

Merci à Christine Soler pour les sculptures et l'inventaire, Vincent Rouberol, Anne de Jenlis et Catherine de Jenlis pour Neuilly, Marina d'Halluin et Isabelle Monzini pour le livret de messe, Florence Sylvestre-Fouchet pour le *Panis Angelicus*, Catherine Ferracci pour l'avion, Christine Lemonnier pour Le Garçon, Dominique Tabone pour ce qui est important, et spécialement à Isabelle et Nadia Preuvot pour La Perette.

Merci
  ∞ aux Libraires, Lydie et Marie Zannini, Nathalie Couderc, Gilles Tranchant, Sandrine Dantard, Frédéric Leplat et Marie-Cécile, Alexandre Cavallin et Florence, Dominique Durand et Édith, Myriam Sacaze, à vous tous et toutes qui permettez à mes mots de prendre le large
  ∞ aux Représentants qui les font naviguer jusqu'aux Libraires
  ∞ aux Blogueuses et Blogueurs et groupes de lectures qui les font tanguer sur leurs sites
  ∞ à vous, Lectrices et Lecteurs qui avez rendu mon rêve réel.

Merci à Arnaud Péricard, Maurice Solignac et François Boulet, pour la place Christian-Fouchet à Saint-Germain-en-Laye, avec une pensée pour le souvenir d'Emmanuel Lamy.

Merci à mon cocker Uriel qui pense que c'est toujours l'heure de manger ou jouer mais jamais celle d'écrire.

Merci à l'inconnu qui m'a donné sa prise internationale pour mon portable à l'aéroport de Buenos Aires quand je rentrais en urgence pour maman.

Je me suis librement inspirée de l'histoire vraie de l'Estancia Cristina à El Calafate.

En souvenir de Jacques Dupeux, Anne-Marie Hubert-Esterlin, Yannick Vince, Frank Bertrand et Jeanne Tonnerre-Gueran.

À la mémoire de Ghost, fier écuyer du chevalier libraire.

Hughes Ternon, Alberte Bartoli, vous me manquez diantrement.

Du même auteur :

Aux Éditions Héloïse d'Ormesson
J'ai failli te manquer, 2020.
Poste restante à Locmaria, 2018. Le Livre de Poche, 2019.
Les Couleurs de la vie, 2017. Le Livre de Poche, 2018.
Entre ciel et Lou, 2016 (prix Ouest 2016, prix Bretagne-
    priz Breizh 2016, prix des lecteurs U 2017). Le Livre de
    Poche, 2017.
J'ai rendez-vous avec toi, 2014.

Aux Éditions Robert Laffont
Couleur champagne, 2012.
La Mélodie des jours, 2010. J'ai Lu, 2012.
Le Chant de la dune, 2009.
Une vie en échange, 2008.
Place Furstenberg, 2007. J'ai Lu, 2010.
Nous n'avons pas changé, 2005. J'ai Lu, 2006.
Le Bateau du matin, 2004. J'ai Lu, 2006.

L'Agence, 2003 (prix des Maisons de la Presse 2003). J'ai Lu, 2005.
24 heures de trop, 2002. J'ai Lu, 2004.

Aux Éditions Denoël
Le Talisman de la félicité, 1999.

Aux Éditions Flammarion
Le Phare de Zanzibar, 1998. J'ai Lu, 2003.
Château en Champagne, 1997 (prix Anna de Noailles de l'Académie française 1998). J'ai Lu, 1999.
De toute urgence, 1996 (prix Littré de l'Académie Littré des écrivains médecins 1997). J'ai Lu, 1998.

Aux Éditions J'ai Lu
Taxi maraude, 1992.
Jeanne, sans domicile fixe, 1990.

www.lorrainefouchet.com

Le Livre de Poche s'engage pour l'environnement en réduisant l'empreinte carbone de ses livres. Celle de cet exemplaire est de : **500 g éq. CO$_2$** Rendez-vous sur www.livredepoche-durable.fr

PAPIER À BASE DE FIBRES CERTIFIÉES

Composition réalisée par MAURY-IMPRIMEUR

Imprimé en Espagne par Liberdúplex
08871 Sant Llorenç d'Hortons (Barcelone)
en juillet 2020
Édition : 03
N° d'impression : 84694
Dépôt légal 1re publication : mars 2020
LIBRAIRIE GÉNÉRALE FRANÇAISE
21, rue du Montparnasse – 75298 Paris Cedex 06